關懷雜集

府城石舂臼人——編

前衛出版
AVANGUARD

編者序

做夢也沒想到我又要出書了！

　　今（2017）年 2 月跟外子回臺舉辦紀念 228 七十週年慰問會，前衛出版社林文欽社長率領全體員工替慰問會出力，我不知如何報答他，和滄洲提及此事時，他說：「讓前衛出版你的書。」我雖然有寫文章的習慣，但我認為至少要有 37 篇文章才能出一本像樣的書，而根據我現在寫文章的速度，不知何年何月才能再出書。我和外子與滄洲於慰問會後到前衛出版社向林社長致謝，滄洲竟脫口而出我將再讓前衛出書，我只好硬著頭皮將滄洲也拉下水。6 月 27 日，我終於完成新書所有內容並交給滄洲，讓他和前衛出版社溝通，掛在心中的石頭算是落定，趕緊去見周公，讓心情平靜一番。

　　我從 1970 年就一直住在美國路易斯安那州，我是臺南府城人，外子是嘉義朴仔腳人，當我開始在《臺灣公論報》（已絕版）和《太平洋時報》上投稿時，所用的筆名就是外子建議我用的「朴仔腳人」。2015 年起我的筆名正式改為「府城石舂臼人」，因為 1961 年我到臺北的臺大念書以前是住在臺南市永福路，而石舂臼就在赤崁樓旁邊，我念成功國民小學

時，常爬牆到赤崁樓內遊玩，對裡面的古物覺得很神奇，放學後，赤崁樓旁邊的康樂臺是我們小孩子捉迷藏的好地方。晚間民族路上會擺滿小攤子，家兄和我常去聽賣膏藥人唱歌，有一次家兄很勇敢地讓人家替他點痣，嚇得我差一點暈倒。

當時石舂臼的小吃店更是我常造訪的地方，阿嬤會要我順便帶虱目魚丸湯、菜粽、炒鱔魚、肉臊飯、蚵仔煎等東西回家，因為她纏腳，走路不方便。家兄和我最喜歡看歐巴桑炒鱔魚時，整個炒鍋火焰高升。

2011年11月《銅屋雜集》出版後我算是完成心所願的大事，外子的大哥勉勵我該繼續寫作，我於2012年2月21日伊媚兒給他，聲明我寫中文的生涯已結束。直到2014年，外子向我提起我已經很久沒投稿，我跟他說沒題材，他講了投稿這件事很多次，對我來說都像耳邊風。

2014年9月從波士頓回家，外子說照顧阿孫們是很好的題材，我同意他的看法，就寫了本書「隨心所欲」裡的〈顧囝仔〉在《太平洋時報》上刊登，後來外子向我透露，原來是《太平洋時報》林文政社長要他向我催稿，在此感謝林文政社長的照顧，使我東山再起。

本書有很多文章都是我過70歲後所寫，根據孔子的自述：「吾十有五而志於學，三十而立，四十而不惑，五十而知天命，六十而耳順，七十而從心所

欲，不逾矩。」孔子於 72 歲去世，他隨心所欲的歲月不多，而我已超過孔子蹺辮子之齡，所以將本書第三部命名爲「隨心所欲」。第一頁的照片是 2015 年 7 月 8 日至 15 日，參加阿拉斯加州（Alaska）旅遊時所攝的冰河灣國家公園（Glacier Bay National Park and Preserve）的奇景，我不只讓這張照片成爲我的電腦桌面（desktop），也到朋友的臉書（Facebook）鼓吹大家將它做爲電腦的桌面，現在更決定把它放在本書第一頁做紀念。

李敖是外子念臺大時的室友，靠著他的鐵嘴銅舌、他的婚姻（他曾娶美麗的影星胡茵夢爲妻，胡茵夢的美貌不輸林青霞，可惜她嫁錯人，他們的婚姻只維持 3 個月又 22 天）及自吹自擂，搖身一變成爲作家、政治評論家（經他抨擊過的形形色色的人超過 3,000 人，在古今中外的「罵史」上無人能望其項背）、思想家、自由主義大師、國學大師、中國近代史學者、歷史學家、詩人，還當過立法委員。外子笑他，當了那麼多「家」，最後不知歸哪一家，我認爲外子是杞人憂天，但 2017 年 4 月看到黃慶松部落格裡評論李敖，說他已在老化，甚至已退化到邏輯不通的程度，想起在于美人及鄭弘儀主持的《新聞挖挖哇》裡，有一集李敖和金美齡同臺，火藥味十足的場景，不禁讓人唏噓。

2008 年我回臺參加總統助選，在臺南的一場助選晚會，金美齡正好坐在我旁邊，因常聽外子提起

她，我問她是否還記得外子，她說她還記得，並要我替她向外子問好，我很欽佩她平易近人的風度，那次競選後她很失望，之後就改歸日本國籍。至於無名小卒的我，當臺美史料中心要我填上 2 個成就時，我想了很久，最後以「撫養 4 個愛媽媽的小孩、未經律師幫忙在美國申請到免稅基金會」草草交差了事。

　　如同以往，我將發生在身邊的事或與小孩子有關的事做為題材，實在是野人獻曝，所以對於讀者們，你我之間，總算是有緣，謝謝你們的愛顧、閱讀。而外子自 1988 年從教書生涯退休後，本著犧牲小我的精神挑起負責三餐的重擔，使我較有空閒提筆。我在《太平洋時報》上發表的〈姜子牙釣魚〉讓朋友們對釣魚興致勃勃，外子又看我開來無事，順口道出我該再出一本書，我便信以為真，把它當成鼓勵。

　　2016 年 10 月 20 日，我參加北美洲臺灣婦女會在 Newark 舉行的年中理事會暨人才訓練營，承蒙林榮峰姐妹的愛顧，從她的博士丈夫李清澤「如何變更年輕」的演講中抽出 30 分鐘，讓我講解如何用赤鐵礦石（hematite stone）按摩，還有好友孫獻祥及吳春紅向親戚、朋友宣揚使用赤鐵礦石的親身見證，使我感覺不僅要演講及示範它的用法，也該推廣「健康愛靠家治」的普通常識，尤其我去做頭髮、去賭場看到很多歐巴桑，可能是文盲，不知道如何照顧家治，比我年輕就要拿拐杖或坐輪椅。當然我不是專家，有些是

道聽塗說，但其中很多是我個人的經驗，如有錯誤敬請不吝指教。按摩應該沒有壞的副作用，但為小心起見，應徵詢家庭醫師或醫務人員的意見，如有問題本人概不負責。

2017 年是 228 七十週年，「美國柯喬治紀念基金會」邀請所有參與慰問會的致詞貴賓為文留念，請常務財政長吳滄洲邀稿，他於經營公司的百忙當中負責催稿、校稿，使本書內容更豐富，實感激不盡。我有感有緣千里來相會、彼此關懷，將本書命名為「關懷雜集」並分為三部分，讀者可各取所愛。

感謝吳建信送我蒙恬中文手寫筆，他和他太太美里常笑說，因為他們而產生了一位作家，但我認為我仍未達此境界。後來那臺用蒙恬寫中文的電腦存量太小，常常發生故障，我終於在 2012 年 11 月購入一臺有一千兆 GB（Gigabyte）存量的蘋果電腦（GB 大於 MB 大於 KB）。它本身就能寫中文，害得我每天花更多時間坐在椅子上，坐到屁股開花，尤其現在已進入半退休狀態，利用經營生意之空閒，在電腦前記下一些雜七雜八的芝麻小事。

準備出版的過程中，萬分感激吳建信抽空擔負起校對的工作，前衛出版社林文欽社長不厭其煩地對編排、封面設計等惠予指教。還要感謝吳滄洲夫婦，1979 年時他們替臺灣的大銅器批發商每星期出口很多貨櫃到美國，他們也替我家出口 3,000 美金的銅

器，使我家首先開設零售商店，後來轉入批發，這些年來他們已變成我們的至交。本書還有《銅屋雜集》及《Self-Help: Acu-Hematite Therapy》能問世也都要感謝滄洲，千言萬語感激不盡！

府城石春白人

目次

PART 1

一頁史——

「美國柯喬治紀念基金會」在臺灣

The George H. Kerr Memorial Foundation
（美國柯喬治紀念基金會）

LOVE TAIWAN 愛台灣

George H. Kerr Memorial Foundation
303 Blanchard Rd. Natchitoches, LA 71457
Tel:（504）756-0023 or（504）756-0033
E-mail Address: fumeichenla@gmail.com
Website: www.selfhelpacuhematite.com
Facebook/George H. Kerr Memorial Foundation

George H. Kerr（柯喬治，1911-1992）

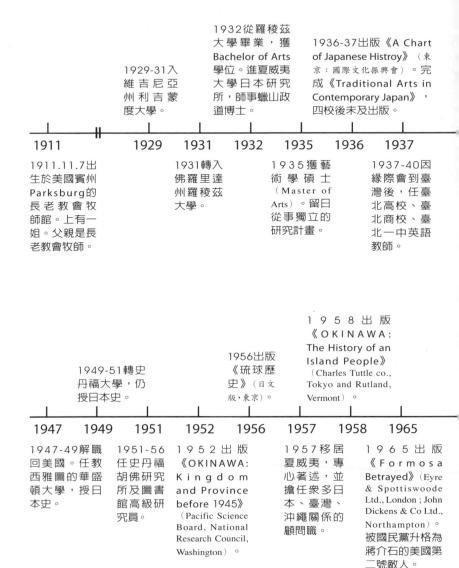

1929-31入維吉尼亞州利吉蒙度大學。

1932從羅稜茲大學畢業，獲Bachelor of Arts學位。進夏威夷大學日本研究所，師事蠟山政道博士。

1936-37出版《A Chart of Japanese Histroy》（東京：國際文化振興會）。完成《Traditional Arts in Contemporary Japan》，四校後未及出版。

1911		1929	1931	1932	1935	1936	1937

1911.11.7出生於美國賓州Parksburg的長老教會牧師館。上有一姐。父親是長老教會牧師。

1931轉入佛羅里達州羅稜茲大學。

1935獲藝術學碩士（Master of Arts）。留日從事獨立的研究計畫。

1937-40因緣際會到臺灣後，任臺北高校、臺北商校、臺北一中英語教師。

1949-51轉史丹福大學，仍授日本史。

1956出版《琉球歷史》（日文版，東京）。

1958出版《OKINAWA: The History of an Island People》（Charles Tuttle co., Tokyo and Rutland, Vermont）。

1947	1949	1951	1952	1956	1957	1958	1965

1947-49解職回美國。任教西雅圖的華盛頓大學，授日本史。

1951-56任史丹福胡佛研究所及圖書館高級研究員。

1952出版《OKINAWA: Kingdom and Province before 1945》（Pacific Science Board, National Research Council, Washington）。

1957移居夏威夷，專心著述，並擔任眾多日本、臺灣、沖繩關係的顧問職。

1965出版《Formosa Betrayed》（Eyre & Spottiswoode Ltd., London ; John Dickens & Co Ltd., Northampton）。被國民黨升格為蔣介石的美國第二號敵人。

1938出版
《Japanese
Arts and Social
Traditions》
（上海：Marco
Polo）。

1941日本偷襲珍珠港。
做為「書生」、「學究
之徒」的初衷命運從此
完全改觀。以「臺灣專
門家」的民間顧問（軍
屬）身分受聘美國國防部
「X島計畫」，從事臺灣
島的戰略調查。

1945以海軍副
武官身分任職南
京美國大使館，
參與在臺北的日
本投降儀式。

| 1938 | 1940 | 1941 | 1943 | 1944 | 1945 | 1946 |

1940進哥
倫比亞大
學攻讀博
士課程。

1943被任命為
海軍少尉，負責
籌劃配屬在海軍
軍政大學（Naval
School for Military
Government）
的「臺灣調查
班」，訓練培養
美國海軍占領臺
灣計畫的民政官
計2,000人。

1944.4-9在美國海
軍部編訂刊行《Civil
Affairs Handbook,
Taiwan (Formosa)》，
這套詳盡的美國海
軍占領臺灣執行計
畫，由於麥克阿瑟
將軍改採跳島戰
術終究沒有派上用
場。但據說，戰後
對臺灣也是一無所
知的國民黨政府，
因為美國國務院的
贈送而擁有一套此
叢書。

1946轉籍國
務院，任駐臺
北領事館副領
事。近身接觸
228事件。

967再版
《The Lineage
f Japanese
uddhism》（東
：上智大學國際
教研究所）。

1976重版
《Formosa
Betrayed》
（Cambridge,
MA: Da Capo
Press）。

| 1967 | 1974 | 1976 | 1986 | 1991 | 1992 |

1974出版《FORMOSA:
Licensed Revolution
and The Home Rule
Movement, 1895-
1945》（火奴魯魯：夏
威夷大學出版部）。出版
《被出賣的臺灣》（陳
榮成教授譯，臺灣獨立聯
盟，紐約、東京），流入
臺灣，被節錄成為地
下流通的暢銷禁書。

1986出版
《The Taiwan
Confrontation
Crisis》（美國
穩得基金會，
WMDIT）。

1991出版全
譯本《被出
賣的臺灣》
（臺北：前衛
出版社）。

1992《Formosa
Betrayed》美國
臺灣出版社重版
原著。

1992.8逝世於
火奴魯魯，享年
81歲。他終生
未娶，無子女。

01 │ 紀念228
七十週年慰問會

　　2017 年是 228 七十週年，「美國柯喬治紀念基
金會」董事長陳榮良醫師建議應擴大舉行慰問會，在
他的慷慨解囊和執行長林文欽、常務財政長吳滄洲及
「五十年代白色恐怖案件平反促進會」總幹事張瑛珏
的召集下，2 月 18 日中午，在臺北海霸王餐廳宴請
228 及白色恐怖受難者與家屬。張瑛珏表示，與會者
有 90% 在綠島生活過，彼此心心相印，可以一面享
受午餐，一面交換意見。餐前請林芳仲牧師及陳宇全
祈禱，並請臺灣歌謠夫妻檔歌手林俞伶及黃金萬獻唱
〈思慕的人〉、〈夜夜愁〉、〈淡水暮色〉、〈快樂

2017年2月18日中午，「美國柯喬治
紀念基金會」在臺北海霸王餐廳宴請
228及白色恐怖受難者與家屬。

林芳仲牧師（左一）與陳榮成教授
攝於臺北「紀念228七十週年慰問
會」。

的出帆〉、〈寶島四季謠〉及〈心心相愛〉6 首臺灣
民謠,場面熱鬧感人。

「美國柯喬治紀念基金會」創辦人陳榮成首先致
詞:「真高興大家來參加此會,也感謝大家來相聚,
本來預計請阮美姝演講,可惜她於去年 11 月 28 日辭
世,她的父親阮朝日是《臺灣新生報》的總經理,於
228 事件以叛亂罪被槍決,她一生馬不停蹄,奔走臺
灣南北尋找受難者及家屬,著有《孤寂煎熬 45 年》
及《幽暗角落的泣聲》。蘇慶龍先生特別從加拿大多
倫多前來參加慰問會,他是民進黨加拿大主委及僑務
委員,也感謝他樂捐 2 萬元臺幣。大家要手牽手進入
上帝所說的迦南地。」

主講人呂秀蓮前副總統表示,她於 30 幾年前到
美國留學時就讀過《被出賣的臺灣》,這本書是她了
解臺灣歷史的啟蒙書。她也鼓勵大家參加 2 月 27 日
在大稻埕永樂廣場,由她所舉辦的「走出 228．共築

「美國柯喬治紀念基金會」創辦人陳
榮成致詞。

主講人呂秀蓮前副總統致詞。

以臺灣歷史啓蒙書《被出賣的臺灣》丟擲馬英九前總統的顏銘緯（右一）。

2017年2月27日，「美國柯喬治紀念基金會」創辦人陳榮成（右二）及執行長林文欽（右三），應呂秀蓮前副總統之邀，出席她在大稻埕永樂廣場舉辦的「走出228·共築臺灣夢」紀念晚會。

臺灣夢」紀念晚會。她說：「各位在座都已變老，但精神意志仍然存在，我們應該愈老愈少年。美國一中和中國一中，各說各話，美國對《臺灣關係法》有6大保證，不像中國的一中認爲臺灣是中國的一部分。臺灣是永遠不沉的航空母艦，我們要有新思維：像瑞士一樣，建立和平中立的國家。」

　　最後由「美國柯喬治紀念基金會」顧問鍾逸人致詞，他說：「呂前副總統所說的是一針見血！咱的歹厝邊不可能將咱吞下去，免驚！國民黨這陣和咱的歹厝邊合作，讓咱 e 總統歹做代誌，這款 e 政治背景嘛什麼要驚。228 事件後，許多善良的臺灣菁英想用和平談判方式向陳儀及陳誠要求給臺灣人民自治，卻遭到汽油燒死、打死，眞可惡！吃人夠夠！當年民間的

抗暴行動唯一有組織性的是二七部隊，軍隊來到臺中，但我二七部隊就是不解散，一定要拚到底！現在我們也要硬，免驚！」鍾先生的致詞博得滿堂彩。當天，228 與白色恐怖受難者再次相聚，不僅撫慰他們的心靈，也更堅定了臺灣人團結一心與向前衝的勇氣，讓慰問會再次圓滿成功。

02 | 「美國柯喬治紀念基金會」與臺灣的連結

吳滄洲

柯喬治（George H. Kerr, 1911-1992）又譯喬治‧柯爾或葛超智，係研究臺灣、日本及琉球的專家，曾於 1937 年起在臺北一中（今臺北建國中學）及臺北高校（今臺北師範大學）教授英文。1941 年太平洋戰爭爆發前返美，復於 1946-1947 年來臺任美國駐臺副領

吳滄洲先生。

事，其間目睹 228 事件，回美後將國民黨代管臺灣的惡形惡狀刊登於報章上，主張臺灣應讓聯合國託管再經公民自決以解決臺灣歸屬問題。因 1965 年出版《Formosa Betrayed（被出賣的臺灣）》，而被國民黨升格為蔣介石的美國第二號敵人。

起因於柯喬治先生常撰文批判國民黨，國民黨遂聘請美國傳教士予以辯駁，雙方打起筆戰，陳榮成教授認同柯喬治先生的論點，反而是傳教士一味替國民黨辯護有違事實，迫使他一再投稿駁斥傳教士，因此引起柯喬治先生注意，兩人在相知相惜下成為好友。

　　1966 年 11 月 16 日，陳教授與前臺南市長張燦鍙先生，在美展開開車 8,000 哩鼓吹臺獨的自由長征，到了第一站的舊金山後他們先去拜會柯喬治先生，當時他正在加州大學柏克萊分校教書，他對陳教授等人的臺獨主張十分支持，即將《Formosa Betrayed》授權給陳教授翻譯，期望讓更多臺灣人覺醒。陳教授所譯漢文版《被出賣的臺灣》是柯喬治先生唯一授權，其出版過程經翻譯校對、經費籌措至印刷成冊歷時 6 年半，終於在 1973 年成書。

　　因當時仍處戒嚴時期，《被出賣的臺灣》無法在臺灣出版，只能在日本及美國流通。在海外，有不少留學生並未親歷 228 事件，這本書讓他們了解這段歷史，不僅觸動人心，更醞釀臺灣意識，進而讓他們支持臺獨運動；在國內，有人祕密引進這本書，讓臺灣人了解 228 事件及國民黨獨裁腐敗的真面目，對黨外人士的選舉也發揮無比的作用，在臺灣民主發展史上擁有深遠的影響力。

　　陳教授雖然旅居美國，卻是一位真正愛臺灣的正港臺灣人，他將《被出賣的臺灣》漢文版版權無條件授予臺灣獨立建國聯盟，解嚴後經其主席黃昭堂先生嚴選出版商，最後決定交由林文欽社長主持的前衛出版社，於 1991 年在臺正式發行。林社長專門出刊臺灣文史哲的書籍，有口皆碑，深受本土人士肯定，是其被圈選的原因。臺灣因國民黨的統治，在教育方面

對臺灣歷史著墨甚少，這本書遂成爲研究臺灣近代史不可或缺的寶貴史料，甚至在傾中的馬英九前總統於 2014 年 9 月 26 日參加「2014 臺灣世界連鎖加盟大展」時，被就讀中山大學的顏銘緯拿它丟擲，而讓它被封爲護國神書。

陳教授有感於柯喬治先生及其著作對臺灣的貢獻，於 2015 年在美創辦「美國柯喬治紀念基金會」，是辦理捐助在 228 事件與戒嚴時期的政治受難者或其家屬的福利慈善事業，並敦聘其弟陳榮良醫師爲董事長，陳醫師秉持「施比受有福」的家訓在美行仁醫仁術，對弱勢者照料有加，常予義診，其行仁仗義的精神在美國僑社頗受稱道。他曾於 2013 年幫助一位發明家街友，經當事人 Mike Williams 在媒體揭露後，引起美國社會很大的迴響，不只受到加州州長讚揚，美國總統幕僚長更表示：「美國需要更多的陳醫師。」而讓他被譽爲「美國的典範」。這不僅是他個人的榮耀，更是所有臺灣人的榮耀！他曾任中華民國僑務委員、諮詢委員，與加州州長及華府許多議員熟識，目前擔任美國加州沙加緬度（Sacramento）中華會館主席，常協助臺灣政府官員與加州政府官員會晤，如此熱心公益與支持臺灣的陳醫師無疑也是「臺灣的典範」。

2016 年本基金會在臺灣舉行的首次活動能圓滿成功，必須感謝的人之一是「五十年代白色恐怖案件

平反促進會」總幹事張瑛珏老師。張老師的家屬在戒嚴時期有十多位受到政治迫害,她大哥甚至因此罹難,至今死因不明,爲查明內情,她集合受難者家屬成立平反促進會並身兼總幹事,除此之外也不斷地關懷高齡的政治受難者,雖然目前已年過 80 歲,仍然不遺餘力地爲政治受難者及家屬服務,其耐力與精神可嘉。由於她的求眞與熱忱,景美人權博物館視她爲核心諮詢對象。張老師的二哥張碧江先生是陳教授的老師,有共同理念的他們因此有頻繁的互動。白色恐怖受難者都已是高齡老人,在她的調查下,他們的際遇雖各有不同,但大部分人仍過著不如意的生活,不僅被家人排斥,甚至因背負政治犯的罪名無法立足於社會,成爲非常弱勢的一群。

　　爲了鼓勵他們走出陰影、迎向陽光,本基金會於 2016 年 1 月 9 日,在臺灣國際會館舉辦「戒嚴時期政治受難者慰問會」❶,受邀者出席踴躍,這些多超過 80 歲的受難前輩們多由子孫陪同出席,也讓他們的後代能因此互相認識。今(2017)年適逢 228 七十週年,本基金會復於 2 月 18 日在臺北海霸王餐廳舉

----

❶ 第 1 次慰問會於 2016 年 1 月 9 日,在臺北市南京東路 2 段 125 號偉成大樓 4 樓舉行,慰問會以座談方式進行,出席人數 280 人,當中受難者有 125 人,本基金會除致贈每人伴手禮一袋,內有《我所知的四二四事件內情》、《銅屋雜集》、《面對危機的臺灣》(林文欽執行長提供)、一頂帽子(陳榮良董事長提供)、一支紀念鉛筆及一個便當,再贈受難者每人新臺幣 1,000 元慰問金。

辦第 2 次慰問會 ❷，此次係以餐會方式進行，來參加的受難前輩們相談甚歡，本基金會希望藉此平撫他們的傷痛。

　　除了陳教授與陳醫師，推動本基金會成立的靈魂人物是陳教授夫人陳吳富美女士，所有籌備工作皆由她一手包辦。陳夫人尤其對筋絡的問題有深入研究，因此本基金會在美國不僅常舉辦和臺灣有關的座談，也常舉辦一些健康議題講座，她於 2014 年 12 月出版《Self-Help: Acu-Hematite Therapy》至今，在 goodreads.com 已有超過一百萬次的點閱率！而兩次於臺灣舉辦的慰問會，也都是在她的鞭策與指導下圓滿完成。

　　另外值得一提的是，慰問會能成功舉辦，除了要感謝張瑛玨老師提供的資料與宣導，前衛出版社林文欽社長對場所的妥善布置與安排，也是很重要的原因。自《被出賣的臺灣》於 1991 年透過前衛出版社在臺灣發行後，林社長一直與陳教授保持很好的互動，之後陳教授的著作《我所知的四二四事件內情》及陳夫人的著作《銅屋雜集》與《Self-Help: Acu-Hematite Therapy》，也都由前衛出版社出版發行，因

---

❷ 第 2 次慰問會於 2017 年 2 月 18 日在臺北市中山北路 3 段 59 號 5 樓海霸王餐廳舉行，出席人數 250 人，席開 25 桌，當中受難者 69 人，本基金會除致贈每人伴手禮一袋，內有赤鐵礦石能量磁石（2 顆）、一頂帽子（陳榮良董事長提供）、一支紀念鉛筆及一片王育德博士紀念 CD（林文欽執行長提供），再贈受難者每人新臺幣 600 元慰問金。

此本基金會成立後，陳教授就敦聘林社長爲執行長。

　　本人自 1979 年由於業務的關係，與陳教授及陳夫人接觸、相識相知，至今已 39 個年頭，其間陳教授因牽涉到臺獨運動及刺蔣案，在國民黨的戒嚴體制下，被列入黑名單無法回臺，因而他在臺灣許多業務的聯繫工作由本人負責。直至 1992 年立法院廢除刑法第一百條後，他成爲海外黑名單最後一位被解除的人，終能在 1993 年踏入自己國家的土地，這是他自 1962 年赴美留學後第一次回臺。而爲了紀念柯喬治先生這位臺灣的恩人，他與其弟陳榮良醫師成立本基金會，並分別於 2016 及 2017 年舉辦慰問會，本人對能參與籌辦感到萬分榮幸，是爲記。

03 │「美國柯喬治紀念基金會」顧問鍾逸人

1921 年出生在臺灣臺中市石頭灘一個普通家庭，雙親為農工勞動者，為家中獨子，所以得以勉強赴日就讀商校及外語學校，期間被日本「特高」依涉嫌「治安維持法」送進「巢鴨監獄」約一年。二戰時因父病返臺隨

鍾逸人先生。

叔父經商，接觸王添灯、連溫卿、楊逵等傾向社會主義的前輩，對社會不平抱有關懷之情。二戰終戰後原本興高采烈迎「祖國」，不料迎來貪腐豺狼政權，鍾逸人因參與「三民主義青年團」第一期幹訓班而和中國來的警察摩擦生隙，遂至嘉義擔任「樂野國小」校長，兼辦《和平日報》嘉義分社，更因報導事實 4 次被國府逮捕。

1947 年 228 事件發生時，他以一普通 26 歲青年，用堅定不移的臺灣鄉土立場，以實際行動挺身捍衛自己的家鄉，與楊逵印發傳單，召開「臺中市民大會」，在「中師」 成立「民主保衛隊」，攻占「干

城營區」，整合各地自動蜂起的隊伍，成立「二七部隊」，並被推任為部隊長。因二七部隊的編制、裝備、口號，一律依仿軍紀甚嚴的日本陸軍，一時被誤認為「日本兵」而在蔣軍進駐臺中時躲過一場大屠殺。進駐埔里後，招募「山青」不遂，兵敗被俘。由於被蔣黨推諉為「二二八」肇禍者的謝雪紅未被捕獲，風聞中的「日本兵」也未投降，他遂被留下來當「誘敵之餌」，雖未遭極刑，陰錯陽差躲過砍頭，仍難逃 17 年黑牢之劫。1964 年出獄後，受前二七部隊戰友鼓勵，研究 Chlorella Spirulina（一種綠藻）生產事業，至 1976 年產量竟達世界第一。

　　1987 年「二二八」40 週年時，他承「北美臺灣人教授協會」會長廖述宗教授、「全美臺灣同鄉會」會長楊黃美幸及張富美教授與陳永興醫師的安排潛訪北美，在各地澄清被「國共」刻意扭曲、被汙衊的「二二八」慘史及二七部隊真相，並在「亞洲學會」上拆穿國府御用學者的不實言論，替被殺戮的臺灣冤魂出一大口氣。更珍貴的是，在 1980 年代初期，臺灣歷經創世界紀錄的 38 年戒嚴解嚴之前，他即克服對華文的障礙，並以驚人的記憶力，一字一句地寫下第一本有關 228 事件的他的個人回憶錄《辛酸六十年》，交由後來為爭取百分之百言論自由及臺灣獨立，而化為火鳳凰的鄭南榕出版（1988 年），開啟長期受壓迫欺凌的臺灣人尋找 228 事件真相的序幕。

陳永興、鄭南榕、李勝雄發起「二二八公義和平運動」（1987年）之後，在眾曰不可能最後經重重困難才達成，也是臺灣專制和民主政治分水嶺的一系列「二二八平反運動」上，他更引起澎湃的啟發作用。

他具有強烈的歷史意識及社會使命感，結束生意後就全身心投入「臺灣人自救運動」。這幾十年來他透過回憶錄，將一生的見聞，尤其是戰後的閱歷詳盡記錄下來，以豐富的史料與生動的文筆，先後完成《辛酸六十年》系列書：《狂風暴雨一小舟》（1988年）、《煉獄風雲錄》（1995年）、《火的刻痕》（2009年）及《此心不沉：陳篡地與二戰末期臺灣人醫生》（2014年）的出版。不僅受到史學界肯定，更受到文學界的讚賞而獲得「巫永福文學獎」、「吳濁流臺灣文學獎」與「牛津文學獎」等獎項。並有多所大學文學系所，以他的著作為題舉辦學術研討會，一方面替苦難的臺灣史留下見證，另一方面也成為研究228事件的重要史料。

他不僅是親身參與228事件的倖存者與見證者，更是臺灣人反抗蔣專制政權及腐敗國府的典範。除了寫作，他也經常關心時局，並參與多項社會、政治運動，持續為臺灣前途及臺灣人追求獨立自主的願望而努力，如此的奉獻精神值得效法。2017年他榮獲第3屆「NATPA廖述宗教授紀念獎」。

（摘自《太平洋時報》，2017.5.27）

04 │ 臺灣人已覺醒

鍾逸人

　　欣聞陳榮成博士所創辦的「美國柯喬治紀念基金會」繼第一次慰問會後，即將於 2017 年 228 七十週年再次舉辦慰問會，令人感佩。

　　1947 年 2 月 27 日，臺北大稻埕的「緝菸事件」為 228 血腥慘案的導火線，讓臺灣人的「祖國夢」猛然覺醒，開始回顧自己的身分。其實在此以前，「唐山帝國」在臺灣強銷「光復」、「同胞」時，在臺灣島上已經發生過「布袋事件」、「新營事件」和驚動臺灣法界的「員林事件」，因為頂著「征服者」姿態的蔣幫，將「八年抗戰」的怨恨當著臺灣人身上發洩，妄指守法、守秩序、過文明生活的臺灣人「數典忘祖」與日寇「沆瀣一氣」，終於讓星星之火成燎原大火！

　　227 緝菸事件次日，老奸巨猾的陳儀藉口包圍行政長官公署要求「嚴懲殺人凶手」的學生群眾為「暴徒」，用機槍掃射造成十數名死傷並「宣布戒嚴」。而後向蔣介石虛報，撇清他施政期間導致的民生凋敝、民怨沸騰與社會失序，以及放任特務興風作浪，令散兵游勇擾亂治安等的「善後處理」，導致蔣介石

派「21 師」劉雨卿部隊來臺，由基隆、高雄登陸後即大開殺戒，連當時因惡性瘧疾在家養病，不知外面發生何事的臺灣人菁英陳炘也被陳儀傳喚，至今還找不到他的屍骨。

據統計，自 227 緝菸事件爆發至 4 月中的短短 50 天，臺灣人被血腥殘殺的人數粗估達 18,020 人（省衛生處資料），而將日治 50 年、歷年「剿匪」、「林爽文事件」、「噍吧哖事件」，乃至 1930 年的「霧社事件」被執行死刑的人數相加是 14,260 人。（《臺灣先民奮鬥史》，鍾孝上；《臺灣總督府警察沿革誌》，臺灣總督府）

以上是「二戰」後，滿口「仁義道德」、「炎黃子孫」、「血濃於水」、「光復」、「同胞」等口號的蔣介石非法占領軍帶給失落五十載，好不容易才回歸「祖國」懷抱而孺慕之情溢於言表的臺灣人的回報。

儘管當年，目睹此景的美國駐臺副領事柯喬治先生，透過美國大使館向蔣介石反映，旅滬「臺灣同鄉會」等團體也殷切懇求他重視臺灣當局的恣意殺戮，他都無動於衷，甚至當「中國國民黨」召開「臨時中常會」決議將陳儀撤職查辦，身為黨主席的蔣介石不但無視黨的決定，反而將陳儀調升為「浙江省政府主席」。直到內外輿論譁然已到了不可收拾的地步時，他才將責任推諉給中共！這個時候中共的老巢延安才剛被胡宗南的西北軍攻陷，都自顧不暇了還會想染指

臺灣嗎？

　　沒想到中共竟「來者不拒」，煞有介事地將228責任一肩挑！不僅極具統戰意圖地對外宣揚：「臺灣人民受到偉大毛澤東思想感召，起來反抗腐敗無能的國民黨。」將228納入「中國人民解放革命」的歷史裡，每年還招來一群臺灣亡命客點綴場面，裝模作樣舉辦「臺灣人民228革命紀念」，其中心主旨為「解放臺灣」，意在拯救在蔣幫桎梏下苟延殘喘的同胞。相形之下，在臺灣連談228都成禁忌，因為228是被中國人掃地出門後，跟蹌逃命到臺灣的蔣幫的「最痛」，一旦臺灣人的「1947大屠殺」記憶被喚醒，作威作福的蔣幫還能繼續矇騙臺灣人嗎？

　　因此蔣幫祭出曠世未有的「長期戒嚴」，讓親歷慘況的第一代只能「閉嘴」，228的血腥歷史遂成為他們不敢傳給後代的「禁忌」，更因長期接受「長江黃河」、「三皇五帝」、「黃花崗七十二烈士」等填鴨教育，而讓他們的後代只知道「九一八事變」、「一二八事變」，被問到「二二八事件」卻有「發生在中國哪一省？」「是否也是日本鬼子侵華？」等問題，令人啼笑皆非！如果不是當年那些出國求學的學子，在國外看過陳榮成博士翻譯的柯喬治先生的著作《被出賣的臺灣》，這段用先人血淚寫成的歷史將永遠被埋沒，讓臺灣人繼續當歷史白痴。

　　際此「228七十週年」，臺灣人已覺醒，從蔣幫

餘孽馬英九手裡奪回政權，國會也贏得絕對多數，雖然蔣幫餘孽與中國暗中勾結，想借重中國聲勢做垂死掙扎以扳回政權，奈何現在的自由民主臺灣一切都 open，什麼話都可以大聲說，什麼祕密「檔案資料」都可以調閱，蔣幫非法占領臺灣 70 年的任何臭不可聞、見不得人的，都被攤在人民眼前，他們想扳回、想翻身也難。

而且中國想訴諸武力侵臺，幾乎沒有希望。即使想改變戰略，透過「白狼、黑狼」分身徒眾，什麼「愛國同心會」、「在臺灣的中國人」、「夏潮」等幽靈亡魂，配合蔣幫餘孽舉起「統一」大旗，但得先問臺灣人想不想接受中國統治。蔡總統也能不畏中國虛聲恫嚇，堅持臺灣人利益，不甩統派哀鳴、迴光返照與垂死掙扎，向「轉型正義」勇往直前，則 70 年來遭受非法占領軍、支那亡命政權欺壓的臺灣人定會支持你。

05 | 「美國柯喬治紀念基金會」顧問謝聰敏

1934 年 5 月 2 日出生在臺灣彰化，臺中一中、國立臺灣大學法律系畢業。在冷戰中的 1964 年，當中國高喊「血洗臺灣」而蔣介石準備「反攻大陸」時，他寫了「臺灣人民自救運動宣言」，表明臺灣前途應由人

謝聰敏先生。

民自決，臺灣要從冷戰中解脫成立一個民主國家，而讓他與彭明敏教授以及魏廷朝先生於 9 月 20 日被捕並以叛亂罪嫌被起訴，之後宣言落入「日本臺獨聯盟」手中，改名為「臺灣獨立運動宣言」，以此鼓動海外僑民和留學生的政治運動。

1965 年 4 月 8 日，把責任全部扛下來的謝聰敏被判有期徒刑 10 年，為 3 人當中刑期最重者。1970 年出獄後，因體會到政治犯是終生職而投入相關救援工作，並從研究特務機關的起源和發展著手。其時因國際特赦組織祕書長恩耐爾斯，受成功逃亡國外的彭明敏教授委託帶回其家書，因而他也帶恩耐爾斯去訪

問李敖。當時李敖送給恩耐爾斯的「泰源監獄政治犯
名單」，不久被轉送給「日本臺獨聯盟」，聯盟成員
金美齡再轉交給「臺灣青年社」在日本公布，同時臺
北車站出現「歡迎李敖參加臺獨，歡迎大陸人參加臺
獨」的傳單，讓謝聰敏等人再次成爲蔣幫欲除之而後
快的敵人。1971 年，特務機關遂精心設計「臺南美
國新聞處爆炸案」和「臺北美國銀行爆炸案」，他再
與魏廷朝、李敖等一同被捕，服刑期間被刑求逼供、
羅織罪名，在獄中他投書《紐約時報》，獲美國國會
議事錄登出。1977 年二度出獄，1979 年以商業考察
名義出國，臺灣卻因「美麗島事件」讓他成爲黑名單
不得歸國，直到 1988 年終在返鄉熱潮中闖關回臺。

　　旅居海外期間，他將自己接受國民黨軍法審判與
囚禁的經驗，寫成《談景美軍法看守所》，該看守所
現已變成人權文化園區。他曾在 1981 年擔任臺灣人
公共事務會副會長、1986 年出掌臺灣民主運動海外
組織祕書長及《太平洋時報》社長、北美衛視公司總
經理等職，因此當他決定返鄉打拚時，民進黨即由黃
信介和創黨主席江鵬堅親率中縣以北各縣市黨部宣傳
車前往機場迎接。他重新踏上臺灣後，即呼籲國民
黨當局尊重「臺灣人回到自己家鄉是不容剝奪的權
利」，並要求「政府也應讓政治犯復權」，自此投入
選舉。

　　1993-1999 年當選兩屆立委，任內關切《戒嚴時

期人民受損權利回復條例》和《戒嚴時期不當叛亂暨匪諜審判案件補償條例》，重視政治受難者的平反。2000 年政黨輪替，陳水扁政府上臺執政後，他擔任總統府國策顧問。2008 年 5 月 31 日，針對從 1949 年開始的長達 38 年的戒嚴，他結合受難者與人權律師準備聲請釋憲。新店國史館於 2008 年出版《臺灣自救宣言——謝聰敏先生訪談錄》。2016 年蔡英文當選總統，他認為當年的「一個中國，一個臺灣」的自救宣言主張已實現。因為「捨不得死」，他每天游泳一小時，只為了多活幾年以為臺灣做更多事。

06 | 從臺灣軍事監獄到國際人權活動

謝聰敏

　　我從軍事監獄出獄不久，正好遇到黨外人士爭取言論自由，一部分人士申請出國，我也提出申請。按照軍事法規，政治犯必須出獄 5 年以上才能申請，黨外雜誌發行人陳婉眞得到出境證，縣長許信良也可以出國渡假，他們都是熱門的黑名單人物，於是我也要求到國外休息，我以商業名義出境後打算先到紐約看望黃文雄。

　　當代臺灣人最好的戰場就在紐約，可惜當時臺灣人的內鬥正在進行。黃文雄和鄭自才由臺獨聯盟保外候審後都選擇了逃亡，他們沒有面對激烈的法庭鬥爭。我在紐約找不到黃文雄和鄭自才，那時只有槍枝所有人陳榮成教授到法庭據實陳情，反而成爲眾矢之的，最後他灰心地返回居住地路易斯安那州。

　　我第一次被捕時，曾在軍事法庭上提出「提審法」，以對抗非軍人卻受到軍事審判的荒謬，這是因爲蔣經國在 228 事件大量屠殺臺灣人的法官和律師，同時向普通法院引進了軍法官所致。特務告訴我，只要我「不講話」，所有的責任就都歸彭教授，我擔心彭教授承擔太重，案件將向他傾斜，就在法庭上承擔

所有的責任，當時我政大的指導教授鄒文海和其他老師都替我辯護，他們說「臺灣獨立」的主張不能由未成熟的我承擔，但因我認罪了，鄒教授他們也就無能為力了。

　　我到美國時，陳榮成教授告訴我有一位熟悉勞工法的美國律師能為臺灣發聲，也給了我一分法院的問答稿，當時我一位左翼的老鬥士親族十分關心這件事，就暗中燒掉這分和其他我搜集到的資料，顯然是不想看到我陷入另一場海外的鬥爭。因為我想在紐約為臺灣人的戰鬥打開格局，卻被破壞了；現在陳教授兄弟反而捲進我在推動的政治犯平反工作，他們的熱誠確實在臺灣點燃了另一場人權戰鬥。

07 | 228 受難者家屬藍芸若

　　1949 年生，高雄岡山人，臺大中文系畢業，中學國文老師退休，目前在國家人權博物館籌備處擔任志工。其父藍明谷因《光明報》事件而遭政府槍決時，她只有一歲多，所以從來不懂父愛是什麼，也非常羨慕別人有父親。她一直不清楚當時發生什麼事，只知道自己是匪諜的女兒，

藍芸若女士。

警察常常來家裡拜訪，所以她小時候很怕警察，直到 40 多歲才漸漸知道詳情。

　　藍明谷是高雄岡山人，臺南師範學校畢業後擔任小學老師，有感於日本人對臺灣人的不平等待遇，1942 年到北京後開始文學創作，對勇於批判威權與同情弱勢族群的魯迅十分崇拜，與鍾理和為至交。1946 年 10 月回到臺灣，透過鍾理和介紹，到鍾浩東擔任校長的基隆中學任國文教師。二戰時，鍾浩東曾在中國參加抗戰，非常仰慕祖國中國，回臺後見國民黨施政腐敗、人民生活困苦，再加上不久後發生的

228 事件，令他從國民黨轉信仰共產黨。

　　1949 年《光明報》事件發生後，藍明谷逃回高雄岡山，因他為《光明報》撰稿，又是「基隆市工作委員會」的委員，國民黨遂懸賞 50 萬元抓他，更將他的父親、妻子與一歲多的女兒藍芸若抓走，1950 年 12 月 28 日他自動投案，隔年 4 月 29 日遭槍決，得年僅 32 歲。藍芸若的母親藍張阿冬，也因「知匪不報」被送往綠島感訓一年多，出獄後憑藉日治時期的產婆執照，在岡山醫院擔任助產士，堅強地撫育兩個孩子長大，到 2013 年 101 歲時才往生。

08 | 陳榮成教授與陳榮良醫師的善舉

藍芸若

　　1947 年臺灣發生了 228 事件，在國民黨政府長期嚴密地掩飾下，228 事件一直是高度禁忌，沒有人敢公開談論，遑論 1949 年起長達 38 年的戒嚴時期造成的白色恐怖大屠殺；幸好 228 事件發生時，有一位美國人柯喬治先生當時擔任美國駐臺副領事並全程目擊此悲劇，因此在二戰結束後他堅決主張臺灣獨立。回美國後更將 228 始末寫成了《被出賣的臺灣》一書，該書很快引起一群留學美、日的臺灣青年高度關注，並由留美的陳榮成教授將它譯成中文在美國出版，這本書也被譯為多國文字，在國外非常暢銷，但在臺灣則是到了 1987 年解嚴後才得以公開發行。

　　陳教授與留美醫學博士陳榮良醫師這對賢昆仲，因感念柯喬治先生對臺灣民主投注的偌大關心，共同成立了「美國柯喬治紀念基金會」。由於陳教授的兩位恩師是白色恐怖受難者，因此他對 228 事件和白色恐怖的受難者及家屬極度同情和關懷。

　　去（2016）年 1 月 9 日總統大選前夕，他和夫人以及陳榮良醫師一起回到臺灣投票，並且召開「戒嚴時期政治受難者慰問會」，委由他在臺灣的業務夥伴吳

滄洲經理及「五十年代白色恐怖案件平反促進會」張瑛珏總幹事，邀請這 2 個事件的受難者及家屬齊聚一堂，表達他的慰問之意，並致贈他的新書《我所知的四二四事件內情》和柯喬治先生的書《面對危機的臺灣》，以及夫人陳吳富美女士寫的《銅屋雜集》，又致贈慰問金。

今（2017）年 2 月 18 日，陳教授伉儷再度返臺，又委託吳滄洲經理及張瑛珏總幹事擔任召集人，在海霸王餐廳擴大宴請這 2 個事件的受難者和家屬，席開 25 桌，還致贈慰問金和禮物。在宴會中，與會的政治受難者及家屬們藉此餐會相互問候、暢敘，陳教授及夫人也殷殷地向大家致意，讓大家感受到他們發自內心的真誠關懷。

對於陳教授與陳醫師的善舉，大家都深深感激。他們長年居住在美國，仍能將愛臺灣的心化為實際行動，來關懷臺灣這群受盡冤屈的政治受難者，對他們的遭遇感同身受，這種民胞物與的情懷多麼偉大！多麼令人動容！

在臺灣，有不少政治受難者和家屬至今仍活在恐懼與陰影之中，這些人極需要社會的關懷與協助，所以我們期盼有更多像陳教授、陳醫師這樣熱心的人士來關心他們，並支持小英總統積極推動的「轉型正義」，使冤屈得以昭雪而放下心中的仇恨，讓社會不再有對立，也讓臺灣政治更清明、經濟更繁榮。

09 | 白色恐怖受難者與受難者家屬洪維健

1950 年生，現年 67 歲
（2017 年）。因為受到揭開白
色恐怖序幕的「于非案」牽
連，讓他父母被逮捕入獄，
當時他還在母親的肚子裡，
1955 年到 1960 年陪母親坐監
生教所。中興大學植物病理
學系畢業後，先後擔任《聯
合報》、《聯合晚報》、
《中國時報》、《大成報》

洪維健導演。

的記者、主編；更在臺視、中視、華視、TVBS 等電
子媒體擔任製作人，從事新聞工作 43 年。

除了電視劇與電影的製作和拍攝，過去 13 年全
程使用 HD 高畫質攝影器材，拍了 30 部紀錄片，有
他和父母的白色恐怖受難經歷的《暗夜哭聲》、有描
述陳文成博士命案，全長 14 分鐘無對白的《綠色玫
瑰》，也有以抨擊蔣介石在臺灣的行館為題的《風雲
行館》、《蔣宮行館》，和以國民黨黨產為題的《風
雲黨產》，還有 25 位白色恐怖受難者生命故事的

《白色恐怖追思》，以及于莉主演的《天公金》等，
持續爲引起社會大眾對白色恐怖的關心而努力。

10 │ 小英政府面對歷史傷口，只會落跑、落跑再落跑

洪維健

　　1950 年，海明威寫信給朋友說，如果你夠幸運，年輕時待過巴黎，那麼巴黎將永遠跟著你，因為巴黎是一席流動的饗宴；在臺灣，如果你碰上 1950 年，你只能說，希望沒有碰到白色恐怖，因為這一年，就是白色恐怖的開始，而且，長達 38 年，甚至，到今天，2017 年，轉型正義，還只是蔡英文的競選口號而已，她在 2016 年 12 月 10 日的人權紀念日說，要在 3 年內公布政治檔案，可是促轉母法至今未通過，所以，3 年的支票，根本沒有機會兌現。

　　今（2017）年是 228 事件的 70 週年，也是解嚴的 30 週年，還是鹿窟事件的 65 週年，這麼多重要的日子都擠在今年，可是今年都已經過了一半，我們還是沒有看到轉型正義有任何具體的成績。

　　回顧歷史，在白色恐怖時期，大概有 2,500 人遭到槍決，但是可以找到案底的，大概有 1,200 人的具體名單，這名單當中，可以找到女性亡靈 26 位，臚列如下：張瑞芝、區嚴華、朱諶之、裴俊、廖鳳娥、計梅眞、錢靜芝、蕭明華、季澐、賴瓊煙、陳伯蘭、韓凌生、高草、陳蓮亭、方豆埔、張豔梅、陳玉貞、

陳淑端、章麗曼、傅如芝、丁窈窕、施水環、王瑤君、陳潤珠、姚明珠、沈嫄璋。這顯示在有案底的名單中，大概每 50 位男性受難者，就出現 1 位女性受難者，這個統計數字對很多受難者家庭來說，充滿了另一層的解讀內涵。

謝聰敏老先生說，根據他的統計，白色恐怖大概有 15 萬人受到迫害，1945 年時，臺灣有 600 萬人口，到了 1989 年，就算增加一倍，有 1,200 萬人，那麼，或許可以說，每 80 個人，就有一個白色恐怖的受害者！

如果一個家庭平均有 4 個人，那麼受到白色恐怖影響的比率，就是每 20 個人有一個受到影響，影響的範圍包括經濟狀況、社會地位、隔代扭轉還有心靈上的打擊。這些數字，我們沒有看到蔡英文有任何反應，她還在溝通、溝通再溝通，甚至對反對黨，謙卑、謙卑再謙卑。

從我受過的教育以及我看過的歷史，如共產黨趕走國民黨之後所進行的清算鬥爭，都是越血腥越能得到被迫害過的民眾的支持。我想，2017 年以後，如果還是等不到轉型正義，應該就要走這條極端的路了。我是一個溫和的文史工作者，但是對永無止境的等待，我快失去耐心了！難道，這筆帳，還要等到 2047 年嗎？還要等到 228 事件 100 週年的下一個世代嗎？

11 | 2016年首次慰問會

　　2016年1月9日，「美國柯喬治紀念基金會」假臺灣國際會館舉辦「戒嚴時期政治受難者慰問會」，基金會在臺灣的聯絡處為前衛出版社，當天的協辦單位有「臺灣獨立建國聯盟」、「臺灣之友會」、「陳文成博士紀念基金會」、「五十年代白色恐怖案件平反促進會」、「戒嚴時期政治受難者關懷協會」與「臺灣二二八關懷總會」。慰問會當天，司儀由前衛出版社林文欽社長擔任，他希望大家抱持歡喜來相聚的心情與會，議程將以臺灣歌謠欣賞做為開幕式。接著請《古早味的臺灣歌》執行製作丁愛玉女士獻唱〈思念故鄉〉、〈燒酒矸〉與〈故鄉的田園〉，場面熱鬧又不失莊重，值得一提的是，〈故鄉的田園〉作詞者陳明仁老師也有到場。歌曲演唱完畢後，林社長請主持人張素華女士上臺。

2016年1月9日，「美國柯喬治紀念基金會」假臺灣國際會館舉辦的「戒嚴時期政治受難者慰問會」，由前衛出版社林文欽社長（左一）擔任司儀開場。

張女士先請林芳仲牧師帶大家祈禱，而後再請基金會董事長陳榮良醫師致詞，他說：「大家平安！今仔日眞歡喜來參加這個慰問會。228 受害者及白色恐怖分子與家屬爲臺灣付出很大的代價，我們不能再讓一黨專政！以往父母吩咐我們不要參與政治，因爲我們沒有言論自由，現在我們要轉變政權！我讀完胞兄陳榮成譯的外交官 George H. Kerr 的著作後，深深感受到臺灣人

慰問會開幕式請《古早味的臺灣歌》執行製作丁愛玉女士獻唱臺灣歌謠。

基金會董事長陳榮良醫師致詞，引起與會者的熱烈迴響。

要自己做主、做頭家，不能讓人看不起！這 8 年來，已經讓臺灣的經濟蕭條、子弟畢業後找頭路困難，還有越來越下降的國際地位，大家要努力使 2 千 3 百萬人能享受自由民主！最後祝大家身體健康、家庭平安！」陳醫師因爲醫德與人望當選美國加州沙加緬度（Sacramento）中華會館主席，是美國各地的中華會館中唯一不是國民黨員的主席，也是基金會的棟梁。

接著由基金會創辦人陳榮成教授致詞：「我了解你們付出的代價及甘苦，但你們是無白白犧牲，有很好的成果出來，所以不應該心生餒志。柯喬治所著的《被出賣的臺灣》經很多人幫忙翻譯成中文，後來由前衛出版社出

基金會創辦人陳榮成教授致詞時不僅鼓勵受難者們，也祝願臺灣人能早日進入迦南地這塊上帝應許的樂土。

版，我一直想要替柯喬治做一點事，終於在 2015 年設立此基金會。此慰問會能舉辦是受前衛出版社全體同仁、張瑛珏及其團隊、吳滄洲夫婦、陳文成博士紀念基金會張龍僑、黃東榮及劉美珠等人，從去年 9 月開會再開會促成的結果，我要再次感謝。

「我是 1937 年出生，228 事件發生時我有 3 位老師被抓，其中一位被槍斃，一位判刑 15 年，一位判刑 12 年（張瑛珏的二哥張碧江）。我 1960 年就讀臺大時，有感歹人黨沒倒，臺灣人沒幸福，就在關子嶺和張燦鍙、黃崑虎、黃崑豹及在座的羅福全，還有已逝的蔡同榮，大約 60 幾人一起開會，會後結拜為兄弟，2014 年年底出版的《我所知的四二四事件內情》是獻給您們。

「我於 2015 年到美國各地做新書發表演講，有

許多有心人捐款，尤其是胞弟陳榮良及在華爾街公司做工 e 憨囝奧利佛，對您們的支持不知如何報答，也要謝謝林文欽、張瑛珏及吳滄洲的贊助。大家要爲子孫的幸福再努力，用以往的經驗向前看，引導臺灣人進入迦南地！」

慰問會進行中，陸續有「陳文成博士紀念基金會」董事長陳寶月、「臺灣二二八關懷總會」會長薛化元、「戒嚴時期政治受難者關懷協會」會長劉辰旦、「五十年代白色恐怖案件平反促進會」總幹事張瑛珏、「美國柯喬治紀念基金會」顧問謝聰敏與「臺

基金會成立的幕後功臣──陳吳富美女士（左一），與「五十年代白色恐怖案件平反促進會」總幹事張瑛珏合影。

灣美日民間交流協會」理事長，也是「美國柯喬治紀念基金會」董事顏錦福上臺的感性致詞，都獲得與會者的熱烈響應。為了下一代，堅持落實轉型正義，追求臺灣歷史的真相與責任，讓臺灣人決定自己的前途，不再讓外來者統治，也成為當天所有人的共同意志與未來持續努力的目標。

慰問會與會貴賓，左起：蘇慶龍先生、毛清芬女士、羅福全先生。

慰問會與會貴賓，左起：鍾逸人先生與已故的阮美姝女士。

各會代表領取紀念品及慰問金。

PART 2

健康愛靠家治

01 | 為啥咪健康愛靠家治

　　我們的生命只有兩種結局：早死或老死。2016
年 6 月成大醫院院長林炳文因癌病逝，享年 61 歲。
他說：「別忘了身體是一切，沒有了健康，無法享用
人生所有的樂趣。別以為能救命的是醫生，其實是你
自己，養生重於救命。」即便是醫生也會如此，可見
要維持健康十分不容易。通常我們拚命賺錢、存錢，
成為有錢人後，卻讓錢轉到醫院或按摩師那裡，就像
蘋果的賈伯斯，在病痛面前仍然無能為力。說真的，
財富買不到生命，健康才是我們第一也是最重要的財
富，這個道理人人都知道，但我們還是冥頑不靈，無
視生命的脆弱與生死天注定的事實，不斷地壓榨並且
忽視自己的健康。

　　我年輕時是非常無知的，加上外子不喜歡看醫
生，而我不會駕駛，所以要看他的臉色決定我是否
該去看醫生。當時有一陣子我常感覺疲倦，體重也
從 110 磅直線上升，夏天飯後和外子到外面散步也
要穿毛線衣，和鄰居巧遇時，他們都對我的怪樣投以
驚奇的目光，最後我只好去看內科，哈利斯醫生（Dr.
Harris）診斷我的甲狀腺功能有問題，驗血結果是我得

了「甲狀腺機能低下症」，這種慢性病雖然可以用藥物控制，卻必須終生服藥。現在我時常勸告孩子們，要知道如何解除工作時的壓力（stress），讓心靈沉靜（calm），並有適當的休息和娛樂，我甚至教會孫子如何按摩，2016 年 9 月 17 日，垂司頓（Tristan van der Meer）被網球砸到臉促使我送給他一隻刮痧木棒，他馬上運用自如。

通常病人一進醫生的診所，就希望醫生趕緊找到他的病因，其實醫生需要更多線索來判斷，當醫生要病患詳細描述病情時，患者又說不出個所以然，因此若換新醫生，要將資料送給新醫生參考，否則相似的病痛會造成誤診，如同「請鬼拿藥單」。還有各科醫生有其專長，像我曾詢問一位內科醫生，我揉捏雙腿時腿會痛，她反問我，若我不捏會不會痛，我說不會，她就告訴我：「那就不要捏它。」這不是我要的答案，但想到她是內科醫生也就不再打擾她。甚至有些專科醫生也無法查出我的疼痛來源，內科醫生哈利斯對我的疼痛非常傷腦筋，只好將我轉至神經內科，神經內科的醫生是伊朗人，第一次問診時，他用小木槌一再輕輕地敲打我的腿，問我有沒有知覺，我說有，他就給我兩種藥，叫我一個月後再去門診。但是病情沒改善，就要我到醫院去做神經肌電圖檢測及腦波檢查，聽護士說，腦波檢查主要是在檢測病患是否腦死。結果兩種檢測都正常，醫生無法對症下藥就沒

藥醫，讓我如熱鍋上的螞蟻，雖然他一再要我去回診，但我覺得是無彩工就選擇靠家治。

我非常信任醫生，60 歲以前的我，認為一切的病痛靠萬能的醫生就能迎刃而解，於是大吃大喝，一點也不收斂，美國的甜點、小龍蝦（crawfish）、油炸物、牛排又那麼好吃，對高血壓、高血脂也不在意，直到被骨科醫生拒之於門外，他要護士告訴我，我的病痛是年老的關係，不要再去看他。我的疼痛曾接受物理治療（外子埋怨醫療費太貴）、針灸（於 2004 年 7 月 7 日開始接受高醫生每週一次針灸）都只是暫時性的舒緩，在這種走投無路的情況下只能被迫「上梁山」，我開始購買和穴道按摩有關的書、看健康新知的 Youtube 和電視節目、到 Google 搜尋資料，用手按摩疼痛處或相關的穴位以減少疼痛，同時開始記錄我的經驗。

2010 年 10 月，一位在跳蚤市場認識的顧客給我兩粒赤鐵礦石，並告訴我放在口袋內會讓我精神煥發，當時我看起來一定萎靡不振、意志消沉，他才好心給我強心劑。我用它當按摩器，功效不錯，趕快吃好逗相報，首先給幫我燙頭髮的仙蒂（Sandy）試用，然後給有偏頭痛的李先生試試看，那一段時間我送出不少赤鐵礦石，也費了許多唇舌說明，有一天，呂太太建議我可以將經歷和說明用寫的寫下來給人看，我覺得她的建議是良策，剛好碰到一位大學退休教授 Mrs. Pat Bedenbaugh 答應修改我的文章，我的英文

書《Self-Help: Acu-Hematite Therapy》終於在 2014年 12 月出版，當然書內我也鼓勵讀者以傾聽自己身體的狀況為主。

　　幾乎所有慢性病都與不良飲食習慣、生活方式有關，像我愛吃甜點、油炸物、零食又嗜愛熬夜，不知不覺就患上了高血壓、高膽固醇（cholesterol），每日要服藥控制，這是重治療、輕預防，忽略了生活方式對健康的影響。其實預防應是我們該採取的生活方式，防病是核心目標，這也是健康愛靠家治的原因，我們有義務照顧自己的身軀，因為自己的身體狀況自己最了解，哪些屬於異常？是不是應該到醫院檢查？只有自己最清楚，其他人愛莫能助。

　　說回腿這件事，內科醫生無法解答，神經內科醫生也莫宰羊，生活在不明原因的疼痛裡讓我非常鬱悶，有一天我乾脆平躺在床上自我檢查身體，當我舉起左手臂捏腿，感覺內側比外側疼痛，我從來沒想過去捏手臂、看手臂，乍看之下才發現前臂內側贅肉不少，這裡有心包經的經絡，我曾向人示範如何按摩心包經，由中指指尖到腋下，整條經絡用手向前臂捏，碰到穴位就點揉，用赤鐵礦石當工具最好，每天堅持，至少早晚一次，每次 3-5 分鐘，尤其長期使用電腦的人更要經常按摩此經絡，不但能使贅肉減少，還能改善心血管功能，對於肩膀上的疼痛和頸椎病等也有幫助，於是我勤加按摩，果然疼痛大幅降低，贅肉

也在減少中，我也找到幾個如內關、天泉、天池的穴位按摩後有疼痛感，就設法用按摩消除這些疼痛感，極葱脆（真爽快）！

俗語說：「樹枯根先竭，人老腳先衰。」雙腳支撐著人體全部的重量，因此其會出現的問題也是多得很，當我躺在床上，捏大腿發現內側比外側疼痛，只好到 Google 查究竟，發現我的腿屬於「XO 型腿」，是正常腿有變化的開始，嚴重了會往

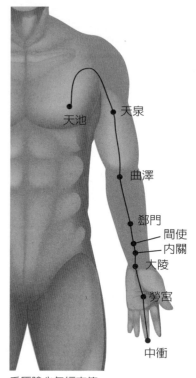

天池

天泉

曲澤

郄門
間使
內關
大陵

勞宮

中衝

手厥陰心包經穴位

「O 型腿」（將雙足跟、雙足掌並攏，放鬆雙腿直立，若兩膝存在距離，就說明有 O 型腿，身體重量大都會落在關節內側，這個部位就容易出現磨損及疼痛）發展。有鑑於此，雖然我有嚴重的拖延症也趕快做一連串的摸索，發現要矯正腿型，坐姿、站姿、走路都有其規矩，坐在位子上一切都要並攏：從大腿、膝蓋、小腿甚至到腳尖，說明下半身不要分開。我可以感覺到左腿痠痛，因為我的

左腳曾跛腳，如今踮腳走還有些無力感；站立時要盡量使小腿內側靠攏；走路時要走直線，不要走路內八，它容易磨損膝關節，造成膝蓋疼痛若過度外八，則傷害髖關節，所以走路姿勢可大幅改善疼痛問題，還要吃鈣片。雖然因不習慣而常忘記該那樣做，但這些糾正動作，自己不做，別人幫不了忙，這比「O型腿」晚上綁腿睡覺還算好一點。2017 年 5 月 18 日早晨，我發現我的腿型恢復正常，後來我捏大腿內側已不再那麼疼痛，這讓我更堅定實施這套矯正腿型的做法。

有很多健康的普通常識是眾人皆知，但知易行難，所以我努力讓自己養成習慣。我不吸菸、少喝酒，多吃蔬菜、水果，保持體重、經常運動，飲食恪守 8 分飽，三餐之外少吃點心，早起時做如原地慢跑、鬆肩膀、仰頭觸地、深呼吸等動作，這些都是提升生活品質、延緩失能的健康愛靠家治的代誌。我算是意志薄弱、一曝十寒的懶惰族群，希望能隨時身體力行一番。

02 | 縮腹減肥術

　　2016 年 5 月，趁外子回臺參加蔡英文總統就職典禮，整理一下堆滿桌面的舊雜誌，其中有篇文章寫著「5 天內保證您的腹部會扁平下來……」，它談到要讓腹部扁平，最先要去掉體內多餘的鹽分，這些鹽使細胞好像海綿吸水，就會使人膨脬（腹部脹大）。想到我的身體裡鈉離子是偏高，因為外子煮的東西都放很多鹽，尤其他喜歡吃鹹魚，所以趁他外出，我可不吃這些過鹹的東西，等外子回來，當他嘲笑我的膨脬時，我就有充足的理由可理直氣壯說他是禍首。

　　腹部的贅肉太多不僅影響美觀，也威脅身體健康。女性的腰圍大於 34.7 英寸，男性的腰圍大於 40 英寸，這些人罹患第二型糖尿病的機率比一般人高 3 倍，但知道自己得到第二型糖尿病的風險偏高後，只有 1/3 的人會真正減重，44.5% 的人依然如故。有鑑於此，我認為處理自己的肥胖是件刻不容緩、迫不及待的大事。膨脬的原因和長期久坐、生子（我有 4 次經驗）與飲食過飽有關，而我這 3 樣原因俱全。

　　據報載，臺東醫院復健科主任潘盈達指出，以呼吸法減肥再加上耐心與恆心，消除啤酒肚非難事。找

來找去，我認為核心呼吸法「吸吸呼」是我們在任何場合都能做的運動，但躺在床上較容易抓到要領。其方法為身體平躺後，用力吸一口氣使腹部脹起像氣球，想像你的精力都儲藏在你的腹部，吸一次氣數到 4 後停止呼吸 2 秒鐘，吐氣 4 秒鐘，當吐氣時，要將氣吐乾淨，想像精力環流全身，此方法一天可做數次。聽說這種呼吸法不僅可改善腰痠背痛使腰圍縮小、體重減輕、排便順暢，也會讓人更有朝氣、活力，部分瘦子胃口也變好。這是健康的減重法之一，我趕快記錄下來。對於呼吸，我本來沒有一點概念，現在才知道呼吸要力求深、長、勻、緩，而且通過深長勻緩的呼吸可延年益壽。想知道一個人是否健康、長壽，觀察他的呼吸就知道了，如果這個人的呼吸很勻稱、舒緩、悠長，他一定長壽、健康。

2015 年 10 月 19 日，拜訪內科醫生，她很瘦，請教消肚皮的方法，她建議做仰臥起坐時，將雙手放於肚子上，這建議很好，我又發現穴位滑肉門（ST24 Huaroumen）剛好位於肚臍上一個拇指寬，距離正中間兩個拇指寬，所以做仰臥起坐時可按此穴，早晨或晚上亦可用赤鐵礦石按摩該穴位，以順時鐘方向畫圓 1-3 分鐘。

做完仰臥起坐後，我將兩手重疊，以肚臍為中心的順時鐘方向按摩 30-50 下，然後以兩手指腹抓捏上腹部、下腹部和側腹的贅肉上下移動，一個地方抓捏

10 次。有時我也兩手各拿一粒赤鐵礦石,同時敲打距肚臍 2 寸處的天樞,此法可通腸道,腸道通,脂肪就不會堆積,最好是敲打到小腹發熱為止。

每天晚上睡覺前用拳頭或赤鐵礦石敲擊腰部兩側的贅肉(也就是所謂的游泳圈)100-300 下,能瘦腰圍,解決便祕的煩惱,但需要長期的堅持,才能真正的見到效果。

很多朋友都埋怨回臺後一吃下來,回美後增十幾磅,但我知道我的體質是陰性,要避免吃哈密瓜之類,所以在臺灣山珍海味的薰陶下,並沒有增重。2015 年 9 月回臺,我的體重在 1965 年臺大畢業時是 35 公斤(77 英磅),碰到當年和我一樣瘦的林弘蘭仍然是那麼瘦,不禁肅然起敬,當然,我體內裝滿了已超過 50 年的美國牛排、甜點,要瘦成以前的我,可說是緣木求魚。我目前的體重若能降到 132 磅就心滿意足。

我常常看到「想苗條,你就能苗條!」的標語,總覺得怎麼會有那麼好康的代誌,再讀下去,方知這方法是認為你的身體被你的心控制,要評估自己是否要減肥,若要減肥,你為什麼還未減肥。分析你有飲食壞習慣的原因,是痛苦、是害怕、是失去甜美的生活或避免再度被人傷害。告訴自己,你是否該繼續導致你的肥胖、使你不高興的壞習慣。你不必放棄所有你愛吃的東西也不必節食,選擇你能遵守的新飲食

法，自己要認爲是吃健康的食品而不是在減肥，每日秤重，當你看到重量減少，你會情不自禁，永遠都按照新的飲食習慣。找出自己以前瘦時能穿的最漂亮或最貴重的衣服，想像你將苗條得可穿那衣服，無論用哪種手段都要達到那目的。對於量體重，我每次看到體重機就會站上去量一量，到 2016 年 5 月 27 日爲止，體重仍在 140 英磅及 137 英磅之間徘徊，要降到 132 英磅，不知要等到何時何日？

　　適度的運動對減肥也非常重要，但對老人來說，營養比運動更重要，一旦老了，飯量減少了，血容量也減少，胃腸的消化吸收能力也減弱了（木瓜能幫助消化，是有益的水果）。有的老人每天花上幾小時做運動，但運動並不會使血容量增多，而是使血液重新分布，若長時間的運動後出現頭昏、心慌、氣短、虛汗，這些是缺血的症狀，要有豐富的飲食，增強體質、補充氣血，然後再去適當地鍛鍊身體。走路是一項很普通的運動，它能消耗人體內的熱量，最近的研究認爲，每天 3 次，每次走 10 分鐘的運動，比每天 1 次，每次走 30 分鐘的運動效果好，因爲 10 分鐘是容易抽出的時間，而走 10 分鐘就能增加新陳代謝率、降低血壓，所以進行走 3 次 10 分鐘的運動後，新陳代謝率就會提高 3 倍，同時新陳代謝有穩定血糖值的作用，這種走 3 次 10 分鐘的運動也有壓抑食慾的效用，讓人比較不會感覺飢餓。有些婦女非常驕傲

於走路 10 分鐘（ten-minute walks）的運動法，讓她們於一星期內減掉 8 英磅，這種減肥法值得一提，每餐後走 10 分鐘的路就對了！2016 年 6 月 3 日我開始實施此法，早餐後的那一次我是採用自己的方法，走加慢跑共 1,000 步（參見《Self-Help: Acu-Hematite Therapy》，〈E-W Walking〉），結果血糖值 113，當然我是吃對食物，如早餐後二小時喝養樂多，一天內吃木瓜、白梨、南瓜子、紅蘿蔔、蘋果，這些食物對降血糖皆有幫助。

喜歡吃零食的人可多吃堅果類，如 20 粒杏仁（只有 139 卡路里），南瓜子也很好，它能防止糖尿病及男性睪丸肥大，但不可食用過量。研究的結果認為，吃

2015年11月3日，筆者的二女兒糖亞於波士頓舉行服裝設計秀。

堅果的人比不吃堅果的人有 43% 不會超重。（People who consume nuts are 43 percent less likely to be overweight than non-nut eaters.）一想到我該瘦至少 5 磅，我採用如下方法：下意識（subconscious）地讓二女兒糖亞（Tonya）於 2015 年 11 月 3 日在波士頓舉行服裝設計秀（Fashion Show）的照片出現在我的夢中，這種心中的理想體重是成功達成現實理想體重的法門，此理論該和心想事成有同工異曲，當然，仍需要求證。

2017 年 2 月 18 日參加外子舉辦的「戒嚴時期政治受難者慰問會」，在 DVD 或照片裡，我的小腹都很明顯，使我有點無顏面對江東父老，考其原因，是我的身體力行程度不夠，只好面對事實，有時間就對鏡子做抬腳、壓腹或彎腰的動作，有時還將凸出的小腹撞牆，希望它能結實一點兒。勉勵自己必須下定決心不可半途而廢，並且在減肥過程中努力不懈、持之以恆，才能達到理想體重。當我回臺期間住在臺北晶華酒店，每天桌上擺了招待旅客的水果，其中之一是奇異果，我不太喜歡它，但要丟掉又覺得可惜，只好把它放在肚子裡，每天吃了很多免費的早餐，又有朋友請客，但我反而瘦了一些，使我費解，我想和奇異果有關。用 Google 查詢果然如此，它本身具有減肥健美之功效，它的維他命 C 含量比柑桔、蘋果等高幾倍甚至幾十倍。據美國 Rutgers 大學食品研究中心測試，它是各種水果中營養成分最豐富、最全面的水

果。它的藥療作用也很驚人：能降低膽固醇、三酸甘油酯，抑制致癌物質的產生，也能清熱降火、潤燥通便，它可以有效地預防和治療便祕與痔瘡，對高血壓、高血脂、糖尿病、肝炎、冠心病、尿道結石、憂鬱症、男性陽萎都有預防和輔助治療作用，但每天吃 1-2 顆是能被人體充分吸收的量，不能空腹吃，飯前、飯後 1-3 小時吃比較合適，還有吃奇異果後一定不要馬上喝牛奶或吃其他乳製品，因它的維他命 C 含量頗高，易與奶製品中的蛋白質凝結成塊，影響消化吸收。

冬天常吃奇異果可調節人體機能、增強抵抗力、補充人體需要的營養、延緩人體衰老，現在我盡可能每天吃 1-2 顆奇異果，非常高興找到一座奉獻給人類的天然藥庫。

03 一舉數得

　　自從 2008 年參加世臺會回臺助選後我就不曾回臺，所以決定於 2015 年 9 月 15 日飛往臺灣，參加臺大 65 年度經濟系畢業 50 週年的同窗會及其後的臺灣中南部團體旅遊。9 月 21 日，外子和我赴在第一大飯店 2 樓壹品軒舉行的同窗會，此聚會是繼 2015 年 3 月 14 日，所有臺大 50 週年的畢業生返校後經濟系自己主辦的，由周素慧班長當召集人、楊誠作東。這是我畢業多年後再次和同學相聚，我決定穿藍色上衣及藍色花裙，配上藍色的髮飾，塗上深紅色的口紅赴會。回美後接到伊媚兒，當中的團體照裡，看到自己和同學們，比較起來我屬於膨脬的族群，怪不得許麗玉會一口就咬定：「我看，吳富美是穿裙子掩飾她的肚皮。」

　　次日我參加臺灣中南部四天三夜的團體旅遊，同行有 14 人，乘坐可容 40 位乘客的遊覽車，一人有兩個座位，非常寬闊，第一天遊臺中新社古堡莊園，當晚下榻位於臺中大肚山上的清新溫泉飯店，享受過溫泉浴後，我的宿疾好像不翼而飛，晚餐有吃不完的百匯，大家在一起交談，很快熟悉起來。第二天我們早

關
懷
雜
集

臺大65年度經濟系畢業生參觀北門水晶教堂。

晨參觀久仰的奇美博
物館，下午傾聽十鼓
文化村的十鼓獨創之
臺灣特色鼓樂，由於
時間不足，我們將參
觀北門水晶教堂的行
程延到次晨，這些景
點是我小時候住臺南

在北門水晶教堂附近的紀念品店購買的木
製刮痧工具。

時還沒有的。在北門水晶教堂附近的紀念品店買了外
子喜歡吃的羊羹，結帳時看到木製的刮痧工具就匆匆
忙忙地拿了一隻，也不管它的用法和真正的用途。此

次旅遊，吃得好（三餐都很高級）、睡得好、玩得好，又和許多差不多 50 年未見過面的同學相聚，是人生一大享受也！

26 日和外子搭高鐵南下到嘉義，泰青的太太帶我去美容院做頭髮，美容師的洗髮工具有一邊和我的刮痧工具一模一樣，只是我的工具較小型，我非常高興，學到該工具至少可按摩頭部。回美後，發現這工具很管用，我可用它從右臉嘴巴向上到面頰移動 10 次，再往左邊 10 次；也可從下巴中間往右耳 10 次，再往左耳 10 次，而且這刮痧工具的馬蹄形寬度剛好適合我鼻梁左右兩翼根部，用它夾住鼻子做順時針移動可通鼻塞。當然，我隨時隨地用它按摩痛處，因為它好握好用，還能用它夾住耳朵按摩，聽說可加強聽力。我常常用它按摩臉部，感覺可以延緩老化，就不必花冤枉錢去整容拉皮，好像找到駐容術！

因為覺得此刮痧工具很好用，2016 年跟外子回臺，於 1 月 9 日舉行「美國柯喬治紀念基金會」為 228 及白色恐怖受難者舉辦的慰問會時，特別帶了幾隻刮痧工具回美，也送了一隻給李先生。2 月 19 日和朋友們相聚，李先生剛好坐在我旁邊，我詢問他的近況，他認為他的身體有發炎狀況，我有感我們是同病相憐，就跟李先生談到我於 1 月從臺灣帶回來，特地送給他的木製刮痧工具的用處。按照醫生的說明，他的頭痛是神經系統不正常的關係，服藥後，情況比

較好些，他也三不五時用那刮痧工具刮腦袋。我告訴他我在網路上看到的刮痧的好處：當我們的身體在痛，是因為此部分的神經已深藏到我們的肌肉底下，刮痧的目的是要使神經再度浮到肌肉上方。我覺得按常理，神經被肌肉壓制當然會痛，若用刮痧能讓神經再度浮到肌肉上方，神經不受壓當然就不會痛，所以我覺得網路的說法說得通。李先生再問我，刮痧以後要做什麼？ 我說拔罐，聽到此名詞，他覺得很可怕，我也有同感。

曾經我的大腿只要掐它就疼痛，醫生給我的答案是那就不要掐它，也說不出我疼痛的原因，我只好趕快自救，用木製刮痧工具對大腿前側、左側、右側從膝蓋開始往上刮痧，而且我在 2016 年將近聖誕節時發現的伏兔穴（位於膝上 6 寸，用中指按在膝蓋尖端，將手掌往大腿前側壓平的手腕接觸處），它主治腰痛、膝冷、下肢神經痛、麻痺癱瘓、膝關節炎、腳氣、全身血液循環不良等病症，長期按壓此穴有保健效果，所以我沒事做時就按摩此穴。我的右背邊緣一直有痛的感覺，有一次讀到這和肝臟衰退有關，我得空時就躺在床上，左手握此木製刮痧工具，可刮背部整條線路，除了兩條大腿，我也給屁股、尾股、兩手臂、兩肩膀、脖子及疼痛處刮痧，覺得滿舒服的！趕緊好康逗相報，於是在 2017 年 2 月回臺時，再度購買此木製刮痧工具送給在臺灣有腰痠背痛的朋友們，他們試用的

結果皆說木製刮痧工具真實用，算是助人助己，使我有一舉數得之感。

04 | 關節炎及睡眠

　　自從我患了嚴重的關節炎 ❸，肩膀痛、膝蓋痛、足踝痛、屁股痛、腰痠背痛是常事，讓我隨時隨地處於「苦不堪言，痛不欲生」的悲慘世界，我才了解，有人為何會痛得自殺了事。我的足踝痛剛發作時，拜訪骨科醫生，他叫護士在我的足踝打一針，保證我 6 個月不痛，結果再痛時，我找足部專門醫生，他替我做了皮製的足鞋底，保證我走路平穩，不會再有足踝痛的問題，但過了一陣子還是不管用，重新拜訪他時，他認為我的病情嚴重，需要手術解決，從此我不再找這位醫生，後來找到一位專門看運動選手的醫生，他的開場白是他不主張開刀，開刀是最後的抉擇，他要我晚上放一瓶冰凍的瓶子在疼痛處，可以消炎，還給我特別的長鞋穿，結果我的足踝痛算是不治而癒。至於我的右肩痛，醫生告訴我，因為關節炎的關係，本來圓圓的右肩膀已成為三角形，他隨時可以替我做肩膀的手術，但不保證會成功。我拿著醫院給

---

❸ 關節炎非常可怕，它使 95 歲的桃樂絲．黛（Doris Day, 1922 年 4 月 3 日出生）成為殘廢，報載她已在家安排自己的葬禮。她曾是美國最受歡迎的女歌手之一，很多人喜歡她的〈Que sera sera〉。

我的 CT 到波士頓給大女婿判斷，他也認為我應該動手術，他本來是骨科醫生，後來轉為放射科醫生，他保證可以在波士頓替我找到很好的醫生，不過復健需要 6 個月，我想這 6 個月外子一定沒法留在波士頓煮飯給我吃，若想要動手術，也必須等搬家到波士頓再說，就沒有接受大女婿的提議。後來和一位老婦人談到肩膀痛的問題，她告訴我，她的右肩手術過，放進一顆圓球及一隻桿子，結果仍在痛，我慶幸我沒動手術。至於我的左膝蓋，有一天忽然腫脹疼痛，趕快找內科醫生哈利斯，他判斷我膝蓋內的軟骨破損，應該把它挖掉，就送我到骨科醫生那裡檢查，骨科醫生也做同樣的建議，當時我很勇敢，決定去面臨手術，不過那時我已學會按摩，每天沒事做的時候就按摩膝眼（膝蓋兩旁凹陷下去的地方），結果手術前做 MRI，一切正常，兩位醫生都不敢相信。2014 年當我的膝蓋再度疼痛時，我除了按摩膝眼外，還做往後走的運動，出乎意料的是，膝蓋竟不再疼痛。但關節炎仍是無孔不入，我發現我的背後腰部地方疼痛，告訴新來的女內科醫生，她就要我先到醫院照 X 光，報告回來，我的背後腰部全都患了關節炎，那位女內科醫生搖搖頭，覺得我無藥可救，只能給我止痛藥，並且告訴我一天可服兩粒，通常我早上服一粒，它會使我昏昏沉沉，我乾脆就上床睡覺。後來聽嫂嫂說，她有一度吃很多的止痛藥，覺得效果很好，最後導致胃潰瘍，所以我

若非到忍不住疼痛時才偶爾服一粒止痛藥。當我痛得不想起床時，外子馬上會對我幸災樂禍，我問他，會感覺身體疼痛否？他說從來沒有身體疼痛過，我嘲笑他，一定是他的感覺器官非常遲鈍，對於疼痛的敏感度不夠。最近看到有人因吃止痛藥造成胃出血，結果全部器官衰竭，不幸身亡。人的器官非常微妙，我常常看到人之死，泰半是一個器官出毛病，緊接著各個器官相繼停擺，所以要長壽好像困難重重。2015年11月7日，和幾對在紐奧良的臺灣同鄉相聚，當我提到長壽，若身體不健康，需要有人24小時伺候，要如何處理？朋友們的其中之一，馬上反應他會跳河自殺。我反駁，人面臨死亡的那一刻，一定是求生欲最高的一刻。當然這是我的想法，需待求證。

　　為了解決疼痛，我花了不少健康保險公司及美國政府的錢去做物理治療（physical therapy），還是不管用，自己掏腰包做針灸，做完後的1、2小時覺得身體非常清爽，過後又恢復疼痛，向郭大夫埋怨，她說她的針灸只是互補作用，至於身體健康是我自己的責任，對於這樣用外子的艱苦錢，他也十二萬分的不高興。在四面楚歌之中，除了自救，有啥方法？於是我到紐約世界書局買來幾本穴位治療的書籍，慢慢摸索，效果不錯，後來又發現可用赤鐵礦石當按摩工具，效果更好，我趕快告訴同病相憐者並贈送赤鐵礦石給他們，本來我的顧客建議，赤鐵礦石一定銷路不

錯，我問外子該如何推銷，他認為若有人要當我的試驗品，我就該感激不盡，況且腰痠背痛者大多數是勞工階級，該免費贈送他們才對！後來我把出版《銅屋雜集》及賣掉 Google 股票的所得換來很多赤鐵礦石送人，一想到當初若保留 Google 股票該多好，後來想想，若注定我是散赤人亦復何言！人的一生很短暫，有人認為每個人到這個世界都有他的使命，應該趁著在這個世界的短暫過程，做一些對自己和別人都有用的事情。我就寫了一本《Self-Help: Acu-Hematite Therapy》於 2014 年 12 月出版，很多人都說對他們幫助很大，在 goodreads.com 已有超過一百萬次的點閱率！鑑於本人資金不雄厚，若想給更多人免費提供赤鐵礦石，我必須想辦法，終於在 2015 年向美國國稅局（IRS）申請慈善機構，於 1 月 27 日被批准。Google 也很慷慨地給予「美國柯喬治紀念基金會」每天最高額的 $330 免費廣告費。

關節炎可算是剪不斷、理還亂的疾病，最近外子的生意已接近尾聲，而我的屁股又開花，所以一感到疼痛就躺在床上，發現疼痛的地方就按摩，有時幾乎要全身按摩才能了事。對我來說，疼痛消耗我很多精力，唯一的補充方法是按摩後夢周公去也，如果有睡覺比賽，我去穩贏，因為我在家的生活是枯燥無味的，每天除了吃飯、寫文章、坐在電腦前看東看西外，就是睡覺。

　　充足的睡眠可使人年輕，因為我班上賴兄斷定我看起來差不多是 50 歲左右，我的二女婿，著名作家賓梅立克（Ben Mezrich）也有同樣的說法，而我已到不逾矩之齡。當我發現按摩右邊的腰部是按摩到肝臟，按摩左邊的腰部是按摩到脾臟及胰臟，而按摩背部的腰部是按摩到腎臟，可能是如此的按摩，使我的血糖值降低到早餐前的 120 以下。至於按摩手背對腰痠背痛有效，對我來說完全出乎意料。

　　我於 2015 年 11 月在紐奧良做禮品秀，看到很多人跛腳，行動不方便，有時我會自動替他們按摩，同時贈與赤鐵礦石，很多人非常感謝，也順便購買我的書當禮物。有的人卻不把自己的跛腳當一回事，對我說他還可以，根本不把照顧自己當成切身的事。我非常慶幸自己會按摩，否則我可能已列入半身不遂的族群。有些人坐輪椅需要人推，若推輪椅的人是他們的兒女，通常會很贊成我的建議，除了學習按摩還會買書，希望能減少父母親的苦痛；若推輪椅的人是被僱用的人，他們就會對我說坐輪椅就好，不需要學習按摩。我心想，若坐輪椅真的那麼好，你們為什麼不坐輪椅？由此可見這些老年人需要的是有愛心的照顧者，因此我將在我的慈善機構設立「Goldleaf Care Association」 ❹ 並招募志工，讓他們學習按摩，以便使有需要的老年人得到更好的照顧。

❹ 參見：www.selfhelpacuhematite.com

05 | 千萬愛顧身命

　　2016 年 10 月 20 日到 10 月 24 日，北美洲臺灣婦女會在 NJ 的 Newark 舉行年中理事會暨人才訓練營，我是南區理事，按照規章要前往參加，外子在我千方百計的鼓勵下也隨行，結果現場男士們寥寥無幾，沒有車夫俱樂部的會員們助陣，4 月年會時那麼多男士談笑風生的氛圍不再，還好還有吳春紅的先生跟外子做伴。20 日認親結緣時，我從陳香梅處拿了一顆黃色紙包裝的糖果，拿到這黃色的糖果要說自己的夢想職業（dream job），我自我介紹我已差不多進入閒閒無代誌的階段，所以今後教導按摩是我的夢想職業，因為健康是用全世界的財富也買不到的東西。承蒙林榮峰姐妹的愛顧，她建議我於星期五（21 日），在她先生李清澤博士「如何變更年輕」的演講中，抽出 30 分鐘讓我講解如何用赤鐵礦石按摩，我一點也沒準備就貿然答應。李博士有 40 幾年的經驗，他在臺上教導姐妹們正確的休息方法，清除身體、心理累積的壓力後就會變得更年輕！他講得娓娓動聽又做示範，教我們如何呼吸並仰頭彎腰手觸地，一舉一動自然又容易，但我是老骨頭，彎腰觸地談何容易？李博

士就鼓勵我們每天練習即可熟能生巧。

　　聽完他的精采演講後，我自覺無法講得那麼動聽，真想逃之夭夭。最後還是硬著頭皮上臺拿出赤鐵礦石做臉部按摩，然後提到手指和內臟的關係，譬如大拇指管脾臟及口、食指管肝臟及眼、中指管心臟及舌、無名指管肺臟及鼻、小指管腎臟及耳。每根手指從指尖向手腕按摩，同時也談到幾個手上的穴位，我也示範從手臂向手腕按摩以及心包經的各穴位，每天按摩心包經可增加心臟的健康，當然我也舉腳讓大家看看湧泉穴在何處，因年紀漸大，腎臟功能自然退化，按摩此穴益腎、清熱，對失眠、中風、高血壓、目眩、頭痛及便祕有保健功效。民調結果頗佳，喜出望外，趕快宣布要送出 5 本《Self-Help: Acu-Hematite Therapy》加 2 顆赤鐵礦石，以及 10 本拙作《銅屋雜集》給各分會會長讓姐妹們分享，其中已有 4 個分會會長（紐約、多倫多、南加州、紐澤西）響應。星期六（22 日）當我走進會場，有一位姐妹大喊：「要按摩手或是腳？」我回答要全身按摩，她說她沒有那麼多閒時間。說實話，我除了有嚴重的關節炎之外，還是全身疼痛的族

按摩穴位的好工具：2 顆赤鐵礦石。

群，腰痠背痛、肩膀痛、頸部痛、坐骨神經痛、髖關節痛、膝蓋痛、腳踝痛、全身一摸就痛，若我不做全身按摩鐵定會進入坐輪椅的族群。

和友人相聚，談話中不是這個欠安有癌症在身，就是那個坐輪椅，因此我發誓要做些腳的運動，結果選上恰恰舞，學會基本舞步，看到年中理事會的節目，林麗華將教導排舞（Line Dance），甚喜！她的節目於星期四晚上 9 點半開始，我帶 iPad 實地攝影一番。我於星期六清晨 3 點半起床，開啓所拍攝的影片學習舞步，結果星期六晚上參加排舞竟可以趕上 25%，覺得非常高興，她還介紹可到 Youtube 看 Line Dance Dallas 4 或 Line Dance Dallas 5，往後我可勤加練習。11 月 1 日到 Google 搜索排舞的舞步分析表，找到 CopperKnob-Linedance Stepsheets，像〈You are My Sunshine〉就有很多示範影片，我看了又看，對著步法的解釋看到 11 月 3 日，終於了解在跳啥米碗糕，是講破無值三仙錢。

星期六晚上 7 點半的卡拉 OK，由紐約來音音樂學會會長也是聲樂歌唱家王惠津教唱，她帶來三首歌曲，第一首是蔡小虎原唱的〈夢中的探戈〉，我一直很喜歡蔡小虎，因他長得和我的表哥們黃明信、黃明男很像。王惠津教導我們要唱美聲歌曲的時候要縮小腹，同時把腹肌和背肌收好，經她的指點，這一首歌在她教唱下可以唱出生活的歷練。第二首是民歌王子

潘安邦的成名曲〈外婆的澎湖灣〉，她認為大家應該都知道此曲，但我一點也不知道，是回憶童年的好歌詞。第三首〈甜甜的〉是 1979 年出生的周杰倫自作曲及自唱，他的歌屬於嘰哩咕嚕、喃喃自語的含糊話（mumbling），但他唱得很成功。王惠津短短兩小時的指導，讓我獲益匪淺，我贈送她羽毛面具，並詢問她何時開始唱歌，她很驕傲地說她從前是唱歌劇的，但生病失音只好唱普通歌，我可體會她想起刻骨銘心的經歷和感受的心情，但她最後卻一笑置之，她能面對現實、克服困難，接受生命的挑戰，並從黑暗中再度回到舞臺，在臺北舉辦復出演唱會，使我肅然起敬！

10 月 19 日友人來訪時，談到她的母親已 88 高齡，平常好動，經過幾次摔倒併發坐骨神經痛，已無法站立，只能躺在床上，上廁所也要坐輪椅，每當她的母親上完廁所後又要回床躺下，她可聽到她的母親的哭泣聲。聽了覺得非常難過，最近常想到那情景，除了悲傷之外，更覺得家治愛顧身命要緊！

06 保護玉腿

　　通常我每星期做頭髮一次，不是星期二就是星期四，2016 年 3 月 31 日星期四，仙蒂正在捲我的頭髮時，坐在洗頭盆旁邊的貝蒂（Betty）忽然問仙蒂我幾歲，仙蒂想一想，她說陳太太可能是 60 幾歲，我搖搖頭，告訴貝蒂，我已超過 70 歲。貝蒂不相信，她說我的腳看起來皮膚很光滑，一點青筋也沒有。其實我的左內腳踝也有點靜脈曲張，害我得隨時隨地按摩它。我告訴貝蒂，我每天都會按摩雙腳，她再看看自己的腳，她的腳已被青色靜脈占有，歎息說按摩已太遲。說真的，來給仙蒂做頭髮的歐巴桑，10 人中有 7 人是腳腫、青筋遍布雙腳，有的甚至超重，有二位已行動不便，雖還未坐輪椅，但要用助行架（walker），也要人幫忙。看到她們的體態，真想告訴她們，因為無知或不注意保重，身體自然會「年久失修」。

　　2016 年 2 月底拜訪老友霍曼（Herman），我發現他有腳腫的現象，就告訴他需要注意，他說他下個禮拜要去看醫生，會請醫生檢查。我和外子於 3 月 2 日飛往波士頓，15 日返回紐奧良，趕快給霍曼打電話，他說醫生從他的腿抽了 6 磅的水出來，聽了覺得

可怕。當我們於 3 月 27 日和他在賭場會面時,他是坐著輪椅由他的女兒推進賭場,見狀使我更快馬加鞭保護玉腿,因為腳腫的兩大原因,若不是血液循環不良,就是腎臟功能衰退。臨睡前拿個小枕頭墊墊腿,也能促進血液循環。人的足部是相當重要的部分,在中醫學上,足心被稱為人的第二心臟。

在中醫看來,要預防老化擁有青春,就要守住腎臟,腎為「先天之本」,與骨骼、牙齒、耳朵關係密切,因此,老人腎氣衰退主要表現為雙腿乏力、牙齒鬆動、聽力減退等。聽說踮腳走路能增加心肺功能、改善血液循環、還能改善體內自律神經的操作狀態,也能護腎,我就於 4 月初開始踮腳在客廳走路,外子看我走路搖搖擺擺,問我是不是宿醉? 4 月 7 日秤重,體重減少至少 3 英磅,想是踮腳走路之功。踮腳走後要拍打小腿,此種踮腳運動對老人來講,不是很容易,中間可以走走停停,累了休息,每天踮腳走 10 分鐘左右,也可飯後走百步,有句俗語叫「飯後百步走,活到九十九」,飯後踮腳走路,有補腎壯陽的作用,男士們更該做此運動,有嚴重骨質疏鬆症患者不宜做此運動。

我有按摩湧泉穴(K1, Yongquan, Bubbling Springs)的習慣,湧泉穴是足腎經經脈第一個穴位,是能讓身體長壽的大穴,按摩這個穴位能讓人精力充沛,也能很好地預防身體常見的小毛病,如失眠、高血壓、

健忘、盜汗、咽喉腫痛、頭痛、目眩、小便不利、休克、中暑、中風、女子不孕、月經不調等，它位於腳掌心前方，當你用力彎曲腳趾時，足底前出現的凹陷處就是湧泉穴，按摩時，要由該穴位往腳趾方向用赤鐵礦石按摩，若沒有該礦石可用拇指按摩，先按摩左腳，然後按摩右腳（按摩時，通常先按摩左側），早晚各一次，每次 108 下，有時我沒時間或懶惰也會偷工減料。還有足心是腎臟反射區，也要按摩，通常按摩是順時針畫圓，太瘦的人要逆時針畫圓。

湧泉

湧泉穴穴位

　　我又找到了太溪穴，它也是足腎經經脈的穴道，在內踝高點與跟腱（阿基里斯腱）之間凹陷中，當我只用赤鐵礦石尖端按下左腳此穴位，痛感極強，這證明我是有病症的人，只好忍痛地小力按摩，經過一星期，按摩已不再那麼疼痛，好像按摩有彩工！它主治健腰膝、神經衰弱、腰痛、足部冷感、腳底痛，甚至耳鳴、失眠、脫髮等，怪不得仙蒂發現我最近沒落那麼多的頭髮，還長出一些新髮。我發現躺在床上時可用腳拇指按摩此穴，結果我的右腳此穴比左腳更痛，當初我只擔心左腳的疼痛，沒顧及右腳。

　　我非常不喜歡運動，要我每日步行一萬步比登天還難，但顧及「人老腳先衰」，現在我會盡量每早晨

醒來，躺在床上將兩腳高舉和床成垂直，做腳趾猜拳的運動，如石頭、布，然後轉動腳踝幾下，做一些膝蓋的垂直操，若感覺髖骨（大腿骨與骨盆之間的大關節）卡住動不了，我會雙手抱住左膝蓋，左腿盡量往前胸壓，慢慢地壓，連壓兩次，然後只用右手抱左膝蓋，左手用兩粒赤鐵礦石敲打髖骨，再換右腿，不壓的另一腿要盡量伸直。我在賭場看到很多人跛腳走路，有一天我覺得左髖骨疼痛，走起路來就像跛腳者，讓我體會跛腳的滋味。

在離開床前，我讓右腳著地，左腳在床上伸直，身體往前倒，讓雙手向小腿延伸，此時我能感覺腳的肌肉繃得很緊，我用一粒赤鐵礦石由腳踝向大腿，由腿部中間直線按摩，再按摩內側、外側，後部可用雙手的拇指按摩，其中有些穴位如承山、委中、足三里及三陰交都是很好的按摩穴位，大腿內側主肝，外側主脾。當然保護玉腿的絕招很多，譬如泡腳、盤坐、單腳站立等瑜伽姿勢，有的動作對我這老骨頭來說很困難，如踮腳下蹲，我可勉強蹲下去，但要跪在地上才能站起來，真慘！只好找和小腿等長的沙發，站在沙發前，兩腳打開和肩同寬，兩手平舉，腹部收緊，下背不彎曲，然後往沙發坐下再站起來，可訓練臀大肌、股四頭肌和大腿後方等肌部。每個人都應找時間練腿，因為全身的肌肉有 70% 都集中在下半身，練腿還有提高基礎代謝、遠離肥胖、擺脫疾病、減少膝

蓋受傷、幫助血液循環等數不完的好處，希望每個人都有自家保護玉腿的法寶。自己的身體要自己管，吃飽飯沒事做時可以揉揉雙腳，會覺得很舒服，請參考拙作《Self-Help: Acu-Hematite Therapy》，此書在 goodreads.com 已有超過一百萬次的點閱率！尋找穴位，做柔軟操、瑜伽及按摩雙腳，重視自己的感覺，透過穴位與自己的身體多多溝通吧。

07 | 仰頭觸地

2016 年 10 月 20 日參加北美洲臺灣婦女會年中理事會，21 日晚上 7 點半由李清澤博士主講「如何變更年輕」，他教我們雙腳打開和肩同寬，吸氣時雙手舉起，頭往後仰，吐氣時彎腰，他的手掌可輕鬆地貼到地板，使我們佩服得五體投地。當然我們這群老歐巴桑根本摸不到地板，他知情，鼓勵我們要勤加練習，我雖牢記在心但一直沒行動，直到我想健康愛靠家治。

2016 年 11 月 14 日，當我仰頭時覺得頸部疼痛，因為脖子最怕遭遇緊急拉伸，想起 40 幾歲時發生車禍，那時我緊急剎車，頭部向前衝再被彈回，覺得頸部不舒服，但不久後就因不痛而不去管它，直到 60 幾歲，才感到頸部左右扭轉有問題，當時我已得關節炎，身體關節已經出現耗損，這也是常見的頸部疼痛的起因，我也去做物理治療，物理治療師教我做頸部運動和拉伸，我也帶回幾張可在家自己鍛鍊的圖表，但一直沒去做。

2017 年 4 月 17 日，因外子需要看眼科醫生而到診所，在診所裡看到老態龍鍾的患者，不是坐輪椅就

2012年12月12日於波士頓,筆者孫女
派拉樂比示範「仰頭」動作。

2012年12月12日於波士頓,筆者孫
女派拉樂比示範「觸地」動作。

是拿拐杖,不禁搖擺我的全身,覺得硬邦邦,想到要
多活幾年可能需要他人服侍,不僅不方便,自己也沒
有生活的品質,回家後趕快再要求自己做些拉筋的簡
單動作。

　　做任何運動之前,暖身非常重要,它會幫你的身
體做好準備。因為我右肩膀的疼痛已到了醫生隨時都
可以替我開刀的程度,舉起右手臂對我來說是一個困
難又痠痛的動作,只好常常做一些小動作試圖提高肩
部的靈活性。

　　首先,肩膀從前往後繞圈,再從後往前繞圈,一
共5次;然後張開雙臂,用雙臂畫圈,一共5次。放
鬆後,接著做下面的暖身運動。

1. 原地慢跑（Jogging in Place）

原地慢跑 1 分鐘至 3 分鐘使用的空間很少，可以在室內進行，亦可避免因空氣不良影響呼吸道，同時通過慢跑鍛鍊腿部和手臂以及腹部的肌肉，能消耗這些部位多餘的脂肪和贅肉，從而達到減肥的作用。它還可幫助調理心肺功能，是很有效且簡單的運動。

2. 做鐘擺運動（Pendulum）

首先將右手放在左肩，讓左臂自然地從前往後搖擺 5 次，然後將左手放在右肩，讓右臂自然地從前往後搖擺 5 次，然後讓雙肩自然地從前往後、從左往右搖擺，直到你想停擺就停止。

3. 踮腳尖（Rise on the toes）

是個不錯的促進下肢血液循環的有氧運動，它不僅能使人的心率保持在每分鐘 150 次左右，讓血液可以供給心肌足夠的氧氣，有益人的心臟、心血管健康，還能鍛鍊小腿肌肉和腳踝，堅持做此動作也能收緊小腿，令腿部線條更修長。它還能防止靜脈曲張、增強踝關節的穩定性又可避免損傷膝蓋，對有膝蓋毛病的老人來說，是個不錯的鍛鍊方法，建議老人要在有扶手的裝置下做此動作，以免摔跤而發生意外，患有骨質疏鬆症者不適合此運動。踮腳尖的運動還有以下幾種具體方式：

（1）踮腳尖站立

雙腿併攏站立，然後小腿用力向上踮起，數到 5 再慢慢放下腳，直到腿部有痠痛的感覺或重複 20-30 次。剛開始做的時候面對牆壁，若有要摔倒的狀態，可雙手貼在牆壁，以免失衡摔跤。

（2）踮腳尖走路

2017 年 4 月 25 日晚上，我想踮腳尖走路，發現左腳無力，趕緊按摩腳底及做其他動作，翌日可走 50 步。通常每次踮腳走 30-50 步，需稍稍休息一下或走正常的步法，再重複時以感覺舒適為宜，不要勉強。飯後先踮腳尖走 50 步，然後走正常步 50 步，算是飯後百步行。

（3）躺著勾腳尖

當我發現左腳無力時，只好躺在床上，將兩腿併攏伸直，讓左腳尖一勾一放，做 20-30 次，然後兩腳一起做，直到感覺小腿不舒服或覺得已經做很多了，就停下來休息。

做完了上述的暖身運動，我於 2017 年 4 月 29 日晚上開始要做仰頭觸地的運動，當我雙臂上舉時，右臂非常痛，無法舉到靠近頭部，本想偷工減料只舉左臂，一想起李博士的鼓勵就勤加練習，雖然姿勢不

良，也能雙腳分開與肩同寬，雙臂上舉時吸氣，但稍朝後仰頭，就覺得頸部左邊疼痛，愈往後仰，腰部愈痛，趕快用赤鐵礦石按摩頸部、腰部。聽說脖子的血管連通大腦，每天按摩脖子 36 下、72 下或 108 下，一定對身體有益。往後仰的幅度愈小是腰部變硬，腰的動作與腎臟的功能有關，腎臟機能降低時，腰就會變硬，要按摩湧泉穴、三陰交及腳底中央（腎臟的反射區）。

5 月 5 日去做頭髮，看到一位歐巴桑用拐杖，聽她說全身疼痛，每星期要注射一次止痛藥，我告訴她要按摩，當我接觸她的大腿時，她覺得很痛，要我不能碰她，真可憐，她已到無藥可救的地步。想起我曾看過林勝傑釋門少林功夫團的表演，所有的弟子在他的指導下鍛鍊筋骨有術，個個都生龍活虎。5 月 5 日晚上重看電視節目《筋一軟，讓你抗老回春 20 年》，說明老化跟不動及姿勢不良有關，而這兩個致命傷我都有，趕快學些鬆筋法，其中林勝傑談到在膝蓋下小腿外側，有個凸出的骨頭邊有條筋，我想是小腿外側腓骨長短肌附近，在觸地時按摩此筋，會馬上增加彈性，最少可使指尖摸到地板，當然手掌輕鬆地貼到地板最好，就像李博士那樣。健康的人背部不會僵硬而很柔軟，所以我無法觸地屬於背部發硬的族群。背部有發硬的症狀，輕者是肩膀痠痛、腰痛等，重者可能是呼吸器官疾病、消化器官疾病。我一向有

肩膀痠痛、腰痛的症狀，該每天持續地做仰頭觸地的運動，把它當做一種訓練，務必以至少指尖能觸地為基準持續下去，真辛苦！但為身體健康也只好埋頭苦幹。後來我把雙臂舉起來，有時改成雙手插腰，我從5月7日晚上開始認真做仰頭觸地，終於在5月14日母親節的那一天，指尖可勉強觸地，老娘可教也！但仍要繼續努力，以達輕鬆觸地的目標。

08 | 放外外，無要無緊

　　2016 年 4 月 14 日星期四，外子看完眼科視網膜，向我報告要兩個月後才回去複診，雙眼已不需再注射阿瓦斯丁（Avastin），這是天大的好消息！2013 年 3 月 10 日在波士頓，外子發現他的右眼角有一點紅，以為點了眼藥就無事，4 月底成了紅眼，他歸罪於割草敏感症，就點了去除紅血絲的眼藥水，平常紅血絲一、二天就會消失，但此次已將近一星期，仍未見效，只好去看家庭眼科醫生。眼科醫生覺得外子眼睛出血，介紹他去看視網膜專家，他於 5 月 21 日確診為兩眼皆有非增殖性糖尿病視網膜病變（nonproliferative diabetic retinopathy），若是增殖性病變，是一種不可逆的變化，將造成糖尿病患者失明，還好早期發現，醫生給他注射阿瓦斯丁，每隔一個月要去注射一次，一次左眼、一次右眼。因為他的眼睛內液體太多，使眼壓超過平常值（15）造成了青光眼，損害連結眼部與腦部最重要的視神經。每看到他為此懊喪，我就安慰他說他非常幸運，他已拿到聯邦醫療保險（Medicare），不必自己付錢，一次注射有時高達 $2,500，他的朋友在臺灣，公保不付阿瓦斯丁的錢，

已差不多眼瞎，還有在眼科的診所內，有些病患的腳已被砍掉。外子的視力也變壞，到 2015 年 1 月因視力檢查不合格無法領到駕駛執照，直到 9 月得到一張晚上不能駕駛的執照，他就心滿意足、興高采烈。隔年 7 月去紐約市，兒子非常擔心，問我是否要請一位司機？我只好硬著頭皮告訴他：「若恁爸無法駕駛，我可承擔。」但心裡其實是怕怕的！

記得外子沒有吃甜食的習慣，有一陣子他喜歡喝罐頭甜茶，我每次都要購買 12 罐給他喝，還有他多尿。2008 年他回臺灣，回來後至少瘦了 10 磅，當然他解釋是吃太多生魚、蔬菜的關係，但我覺得這些都很不正常，他又不喜歡看醫生，所以他到他的弟弟處時，我就特別囑咐他的醫生弟弟至少要給他驗血，他非常生氣，說我雞婆，驗血結果血糖值超過 300，證明他的消瘦是因為糖尿病的關係。回來後看醫生，因他體內的胰島素分泌不足，醫生診斷他罹患第二型糖尿病，但醫生給他的藥，他有時沒吃，有時是想到才吃，他的理由是他不認為自己有病。有一天，他覺得左胸怪怪的，去看心臟科，結果不是心臟的問題，是血糖高到要急診住院，他也無動於衷，仍然我行我素。醫生沒辦法，只好建議他用注射胰島素的方式治療，他仍沒按照醫生指示，往往注射量不足，又喜歡吃炸雞、漢堡。有一次看醫生，醫生告誡他，他已不是少年囝仔，不能一頓再吃二個漢堡，外子覺得很歹

勢，但已太遲了，他的糖尿病已侵入他的眼睛。胰島素是由胰臟的貝他細胞（Beta Cells）分泌，70、80 歲銀髮族群身體老化，貝他細胞會減少，胰島素分泌不多，像外子攝取那麼多的高熱量食物，血糖就容易升高。外子對於他的糖尿病是放外外，無要無緊，我想很多人都有這個毛病。

根據最新（2015 年 9 月）的調查資料顯示，半數美國成人患有糖尿病或有糖尿病前期徵兆，而更糟糕的是，許多血糖過高的人並沒有意識到這個問題。在接受調查的人員中有 14% 的成年人患有第二型糖尿病，他們之中的 35% 並不知道自己的病情，有人甚至在喪生後才發覺，在臺灣人的社團內曾有此事發生。因為得糖尿病的患者常常認為沒什麼病痛就不會去管它，也沒意識到風險，更不知道糖尿病可能引起的廣泛併發症，如失明（眼盲）、腎臟病（腎臟衰竭）、心臟病、中風、高血壓，甚至身體某部分要被割掉（截肢），由於糖尿病使得神經末梢受傷，血液也難流到末梢，若被割傷就很難痊癒。

要減少得到糖尿病的機率，據專家研究，需適當減重、吃少油脂的飲食及有規律的運動（每日 30 分鐘，每星期運動 5 天），可降低危險率 58%，60 歲以上的人甚至可降到 71%。醫生表示，攝取比身體所需更多的熱量且沒有運動消耗，體內分泌的胰島素就無法降低血糖。糖尿病不只是胰島素不足而已，腎臟、

肝臟、心臟都不會很健康。外子和我發現他長期血糖高，這些血糖在他的身體想要排出體外，結果跑到眼睛的微血管，將微血管衝破，使得外子的眼球充滿血絲，有的血糖會跑到心臟，像我們的好友霍曼，他的心臟裡放了心律調節器（passmaker），常會呼吸困難且有腳腫症狀，因為他平常只吃肉類和馬鈴薯，水果及蔬菜一點也不問津。外子因為血壓一直很低，所以他的血糖是跑到眼睛，差一點就失明。還有一位律師要截斷雙腿，一位年齡小我 10 歲的臺灣人也因糖尿病併發症，讓他受苦多年，休克幾次後只好與世長辭，享年 62 歲。

正常人血糖值在早上起床吃早餐前是 80 毫克／公升（mg/dl），最高值 120。吃飯前 80-120，飯後兩小時最高值 160，睡覺時 100-140。若發現空腹血糖超過 126，有些醫生就診斷該患者有糖尿病。若有個量血糖機可以隨時量血糖，對什麼東西不該吃很有幫助，像以前夏天時我們總要吃又甜又大的西瓜，當我吃完西瓜，第二天量血糖，血糖值總是高升，現在我對西瓜就敬而遠之。有段時間我每天都量我的血糖，不僅記錄血糖值，還記載早餐吃什麼、中餐吃什麼、晚餐吃什麼，內科醫生認為我的血糖控制得不錯，笑著跟我說不必緊張到每天量血糖這種程度。2016 年 5 月 17 日我的血糖值為 110，我就安心地吃了兩頓賭場的百匯，5 月 21 日深夜想起甜的東西，吃了兩

塊餅乾及糖漿爆米花（caramel corn），吃完後擔心血糖不知要高多少，次晨一量是117，出乎我意料之外！

外子5月13日回臺參加蔡英文總統就職典禮，6月1日返美，因日夜顛倒的時差使他食慾不振，看他像個病人，問他有無量血糖，他就認為我愛碎碎念。直到7月初再檢查眼睛，發現眼壓再度超過正常值，醫生介紹他給有名的內科醫生看，內科醫生馬上檢查外子的腎臟並要他每日量血糖，還好腎臟還算正常，內科醫生鼓勵外子要降低血糖以保護腎臟，因為高血糖可能引起腎病變，最後的結果是洗腎，終於外子乖乖地每日量血糖。也因此知悉若吃太多飯，尤其是稀飯，血糖值會升高至240，現在外子每天起床後的例行工作：量血糖、注射胰島素、點青光眼眼藥、吃糖尿病與高血壓藥，以保身體正常。我常譏笑外子是後知後覺的族群，只比不知不覺好一點兒！

美國糖尿病學會（ADA）建議所有人（包括糖尿病患者）減少坐著的時間，尤其是經常久坐（一次坐的時間是90分鐘或超過90分鐘）的族群，患第二型糖尿病、心臟病和過早死亡的風險是不久坐族群的兩倍，讓我常站起來走路的時候增加。聽說酪梨、苦瓜、蘋果、人參、橄欖油、肉桂、亞麻籽、南瓜子與奇異果都能控制血糖、預防糖尿病，最近我每天飯後常啃些南瓜子、吃奇異果。還有我找到足底胰臟反射區（差不多在足心平行靠近小趾的腳邊），時常按摩或敲打，當然手指

及手的按摩也能保護內臟，譬如嘴的下巴承漿穴、手腕的神門穴 ❺ 及陽池穴 ❻ 也都有防止糖尿病的功效。

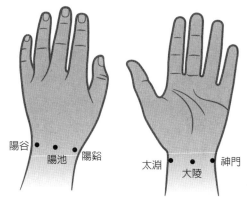

陽谷　陽池　陽谿　　太淵　大陵　神門

神門穴、陽池穴穴位

❺　位於腕橫紋小指側端凹陷處。出入之處為門，神是氣的意思，安定心神的作用非常強，主治心煩失眠，所以此穴是入睡之神。治療心臟疾病：心悸、心絞痛、多夢、憂鬱症、糖尿病及關節炎。

❻　腕背橫紋上前對中指、無名指指縫。治療頭痛、手腕痛、滑鼠指、口乾、女性手腳冰涼等，也用於糖尿病。

09 | 失眠

　　2013 年二女兒糖亞送給我 Tingsha Mantra Chimes 當聖誕節禮物，我很喜歡它的聲音，當我心情沉重、有不好的回憶時，我會搖這鈴，讓自己脫離悲傷的境界，我覺得很管用。請教大女兒僱用的奶媽，她說在中國大陸他們會拿 Chimes 在每個房間的角落搖一搖，可以去煞氣、邪氣，我也給美國朋友們聽聽它的聲音，其中有位婦女知道 Chimes，鼓勵我該介紹給美國人，於是我立刻動筆寫下「人生無常順其自然（Life is Impermanent Let True Nature Take its Course）」的感想和資料，也請印度廠商替我製造 50 個 Chimes，於 2014 年 8 月運送來美。我把第一個 Chimes 送給在塔虎特大學（Tufts University）教考古學的教授，他一拿到就向我解釋，他到過西藏 3 次，這是西藏僧人早晨誦經祈禱前所搖的鈴；2016 年聖誕節期間，我送李清澤博士一個 Chimes，他卻解釋和尚是搖這個鈴邀請餓鬼來和他們享用食物的。

　　2016 年 4 月我參加北美洲臺灣婦女會年會，順便帶了幾個 Chimes 到洛杉磯等地送給親戚、朋友們。其中有位朋友告訴我，她的失眠症非常嚴重，

我開玩笑叫她搖搖這鈴，當晚她真的如此做，第二天告訴我，她很少睡得那麼熟。我一直沒有失眠的毛病，但周遭有很多朋

人生無常順其自然。（Life is Impermanent Let True Nature Take its Course）

友及親戚都患有此病，當我給他們赤鐵礦石時，他們會問我這石頭能否治療失眠，譬如李太太問我時，我開玩笑，問她有沒有數羊？她說她愈數羊愈多，無彩工！仍然一夜未眠到天亮，我答應我會去研究一下，不知不覺我也去探索這領域。我覺得最容易的解決方法是讓失眠者睡覺前，一直心想「別無他念」，最近外子已漸趨向老年失眠之路，有時被外子吵得無法入睡時，這一招很好用。

根據報告，超過 40 歲以上的失眠者中，女性是男性的 1.5 至 2 倍，我想女性總是比較厚操煩，上床睡覺時還想很多事情。不過女性經過一次和諧的性生活後，緊張激動的身體開始放鬆，肌肉也在滿足之後的疲倦中得以舒展，睡意就會自然而然地湧入，有助於消除失眠症。有一位經常在家舉辦卡拉 OK 的女士對我說，到她家參加卡拉 OK 的太太們，幾乎每個人

都要仰賴安眠藥或精神鎮定劑才能入睡，所以談話內容不離哪種藥較好。我曾遇見這些有錢的太太們，很想告訴她們，應該用非藥物的治療方法，我內心喊：「拜託，相較於藥物，還有其他更健康的方法，如穴道按摩或腳底按摩。」但她們是屬於「女子無才便是德」的族群，我也只好閉嘴。

2016 年 10 月底中午和一位朋友餐敘，她是屬於神經敏感的類型，我猜測她一定有睡眠的問題，準備兩個鈴送她，她告訴我，幾乎她所有的朋友都患有失眠症。當我給她鈴時，我告訴她睡覺前，要一直心想「別無他念」，使全身自然放鬆，然後搖搖鈴。我鼓勵她勤加練習，可以將她的心得告訴朋友們，我可提供她更多的鈴。

看外子躺在床上輾轉難眠，替他非常難過，有時他認為是自己喝太多茶導致頻尿而睡不安穩；有時他好不容易入睡卻整夜都在做情節複雜的夢。我常因此被他叫醒，他是屬於淺眠型：天未亮就醒來，而且多夢，我常勸他不要胡思亂想，若睡眠不足，他又近 80 歲，會讓腦部更早退化，不但記憶力會下降，心煩、頸部痠痛、目眩、耳鳴等毛病也會陸續出現。

所有人都渴望擁有良好的睡眠品質。失眠多半因擔心、用腦過度、焦躁、過度緊張、不安感等精神問題為由所引起，所以很多中醫認為以刺激穴道的方式改善血液循環，身心便能真正地放鬆，譬如按摩百會

能緩和頭部沉重感而排除情緒低落、神門可抑制焦慮或情緒不穩、內關對急躁等失眠症有效果，還有三陰交及足三里也是很有效的穴位，我的《Self-Help: Acu-Hematite Therapy》第 22 章〈Sleeping Well〉有介紹更多穴位及方法。說實話，若你能找到睡覺前讓頭腦空無一物（摒除一切雜念，使大腦進入入定狀態）的法門就能解決失眠，在那一瞬間，你會大呼：「我終於找到睡覺的法寶，從今往後我可以安枕無憂、睡得很甜！」2016 年 4 月到友人處過夜，她有失眠症，我建議她睡覺前一直在心中說「別無他念」，翌日她告訴我這方法對她有效。

若你尚未找到治療失眠的方法，最好每天晚上睡覺前都用雙手按摩腳底大約 5 分鐘至 7 分鐘，腳的大拇指是「頭」的反射區，可用抓揉按壓，特別要按摩湧泉穴，因年紀漸大，腎臟功能自然退化，按摩此穴益腎、清熱，對失眠、中風、高血壓、目眩、頭痛、便祕、食欲不振及情緒不穩有保健功效。

我逢人就鼓吹每次按湧泉穴，由該穴向腳趾的方向按摩 108 次的好處。有一天我又再向人鼓吹，我的朋友黛安娜的同事卻認為那樣太麻煩，黛安娜就說，她晚上洗澡後坐在沙發椅上，兩腳各按湧泉穴 108 次已經養成習慣，一點也不麻煩。儘管我自己是「三天打魚，兩天晒網」的族群，但我很高興黛安娜養成了按摩的習慣。

10 │ 自製茶與跛腳苦難記

　　我每星期做頭髮一次，在美容院的等待時間偶爾會翻閱雜誌。2016 年 1 月 21 日星期四，我看到一則文章是關於可解除身體發炎的飲料，它是 4 oz 的紅茶加 4 oz 的石榴汁，亦可加上恰到好處的巧克力汁，看起來就覺得不錯，令人躍躍欲試。我曾喝過石榴汁，即市面上銷售的 POM 一瓶 16 fl oz 價格 $3.49，對我來說既不便宜又有苦味，喝過一次後就不再喝它。但我一直認為我的關節炎和我的身體發炎有關。吃防止發炎的藥又恐怕有副作用，況且外子每天都泡了好幾瓶茶，因為家裡茶葉的供應不斷，外子每回臺灣就有很多朋友送他茶葉，也不知外子泡的是紅茶或綠茶，問外子，他也一問三不知。到 Google 查詢後得知，所有的茶皆有預防發炎的作用，於是我偷工減料，拿著一瓶 16 fl oz 的空瓶，裝上一半的茶與一半的石榴汁，搖一搖就成為我的自製飲料，恐怕會患上糖尿病而不敢加巧克力汁；後來只用茶杯裝上半杯茶，再加入石榴汁用湯匙攪拌，就成為我的飲料，每天隨時隨地喝它，自己感覺身體發炎的程度減輕，有一天告訴外子，他當然不相信。2 月 19 日在

Sam Club 發現一瓶 60 fl oz 的 POM 果汁售價才 $9.98，喜出望外，付錢時又減價 2 元，真有漁翁得利之感。

茶杯裝上半杯茶再加入石榴汁用湯匙攪拌，是筆者特製的自製茶。

我不太喜歡茶及石榴汁綜合的味道，想起二女兒糖亞有花粉症，她曾向我說，喝自己住的地方所做的蜂蜜，能治花粉、過敏症，甚至友人郭太太也跟我提到她的女兒在實驗室工作，自己混合蜂蜜及蘋果西打，她喝完一瓶後過敏症痊癒。我知道茶可放蜂蜜，但不知道石榴汁是否能和蜂蜜混合？到 Google 一查，答案是蜂蜜與石榴汁調和飲用，能治療和預防心臟疾病，蜂蜜很快會被身體吸收利用，改善血液的營養狀況。居然好處多多，我就加入兩湯匙的蜂蜜到我的自製茶，喝得不亦樂乎！但糖尿病患者要量血糖值，決定能否喝此茶。

4 月 19 日和外子到矽谷參加北美洲臺灣婦女會 28 週年年會，當然無法攜帶這些道具，朋友請客時，我一直流鼻涕，她趕緊給我治過敏藥，回家後我也沒服用自製茶，直到 5 月 6 日星期五清晨，外子開車從我們住的小城鎮要到紐奧良，途經路州首府貝城

的農產品跳蚤市場，想買一些橘子而下車，我也想買
當地的蜂蜜，但我卻好像和車座黏在一起很難起身，
下車後也覺得屁股疼痛，買了一瓶純粹的當地蜂蜜
（24 oz. Pure natural Acadiana Honey）後慢步上車，早上 8
點半到紐奧良的家，趕緊泡上一杯自製茶，喝完後上
床睡到中午。

　　吃完午飯，拖著疲憊疼痛的身軀，不得已地和外
子去法國跳蚤市場送貨、收錢。顧客琳達的攤位是在
公共女廁的對面，在女廁右邊有個圓形大垃圾桶，我
坐在車內等外子，看到一位留著長鬍、衣冠不整，差
不多 50 歲的男人從垃圾桶撿起一個白色的便當盒，
他打開來，我也隱約可見裡面還有些剩餘的飯菜，他
蓋起便當頭向左轉，看到沒人就把便當拿走，此時我
恐怕他頭向右轉，正想彎下身，還好他往前走，鬆了
一口氣！外子回來報告，琳達只能繳 $88，還欠我們
$300，這下子我想向外子每個月索取薪水的計畫也
只能停擺，不禁想到 46 歲的美國天后級女歌手瑪麗
亞凱莉（Mariah Carey）於 2016 年 1 月 22 日訂婚時所
戴的，是 35 克拉（carat）價值 $7.5 million 的戒指。
雖然《美國獨立宣言》表示人人生而平等（All Men are
created Equal），事實上，同樣是人，由於身分等的差
別，貧富仍然那麼懸殊，世間很多不公平的事我也管
不了，還是到哈拉斯紐奧良賭場（Harrah's New Orleans
Casino）吃著名的海鮮百匯晚餐是重要的代誌。外子

雖找到停車的地方，因離賭場有段距離，我也只好一跛一跛走到賭場，就座後因痛楚而坐立不安、如坐針氈、動彈不得、一動就痛。看到外子興致勃勃去拿生蚵及酸辣湯，吃得津津有味，也忍住痛，不敢呻吟。要站起來更痛，有寸步難行之感，於是我將左手伸進褲袋，抓住左大腿，去拿水果、沙拉、生蚵及麻辣小龍蝦，第二次要拿比薩時也替外子端了一碗酸辣湯，當然，我也沒錯過甜點。回到家，趕快泡自製茶喝完，雖然寢食難安，睡覺翻身都疼痛難耐，還是決定上床睡覺。

次晨醒來，已不再流鼻涕，但仍不知痛是神經痛、骨骼痛、肌肉痛或關節炎痛，聽說疼痛是神經病變患者很重要的症狀。好家在！外子宣布該天不出門，躺在床上，想起神經具有遇到弱的刺激就會興奮，遇到強的刺激就會鎮靜的性質，想必利用穴道刺激神經對解除疼痛會十分有效，但應該從何處開始？我拿了三粒赤鐵礦石，剛好成三角形，先猛敲打尾骨，感覺疼痛，再用感覺舒服的強度敲打幾下，移轉到臀部的中央，先做順時針的按摩再敲打，緊接著做腰部、左側的大腿及髖關節等的按摩、敲打，使緊張的肌肉、神經放鬆。除了三餐及喝自製茶，整天臥床休息。

星期日到拜那鋼（位於路州 Marksville）賭場旅館過夜，沒喝自製茶，星期一起床，鼻涕直流，趕快到廁

所拿面紙拭鼻涕，回到家乖乖地泡一杯自製茶再說。雖然過敏症有改進，但 5 月 12 日星期四量血糖高達 142，就沒喝自製茶，星期五沒流鼻涕認為已沒事，但星期六卻流了些微的鼻涕，只好再喝自製茶，星期日量血糖值是 122，算是正常，也幾乎沒有鼻涕，但這要歸功於外子此次自己回臺參加蔡英文的總統就職典禮，他不在家時我也懶得煮飯，星期六的主食是 1 顆小蘋果加 1 塊鬆餅（muffin），早上有 1 顆煎蛋、中午有 1 顆水煮蛋與 1 顆許氏人參糖，加上 1 杯自製茶（可能的話，每日 2 杯自製茶較有效）與 4 塊餅乾及 1 杯脫脂牛奶，生活不太正常。

至於左腳疼痛已差不多痊癒，但每天晨起時掐屁股還是會痛，用雙手抓住左腳膝蓋，盡量斜抬向右側肩膀，也會感覺肌肉繃緊、疼痛，此時我用三粒赤鐵礦石按摩、敲打左臀部及大腿周圍、腰部，星期六開始熱敷，它能減輕疼痛，促進肌肉放鬆，增加血液循環。由於我的久坐、亂坐造成坐骨神經痛，實罪有應得，但我還是要對自己的身體負責，聽醫師小叮嚀：平時保建之道在於維持均衡飲食、運動、適度減重及過著輕鬆的生活，適時補充營養素，譬如綜合維他命而非單一維他命，尤其是維他命 E 及維他命 B12。為了強化腰部肌肉的彈性，使骨骼強健，以鞏固骨盆及腰椎的穩定性，不喜歡運動的我也只好選擇一些簡單的動作，像平躺，用肩、頭和兩腳做支撐，腰背部向

上挺，離開床，堅持 5-10 秒，這動作直接鍛鍊背部肌肉；在大鏡子前做踢腳的運動，踢得愈高愈好；雙腳和肩等寬，兩手插腰（也可放於腹部），膝蓋稍微彎曲，腰向左、向右或做旋轉運動，做此動作腹肌要緊縮。若要進行強化運動，需要於感到神經痛得到改善或變得輕微時才能做。

對於喜歡走路的人，可以試著倒著走，同樣也能鍛鍊腰部肌肉，我發現我踮腳走路時，左腳比較無力，需要鍛鍊，同時看到客廳沙發椅右邊剛好和我的臀等高，趕緊撞擊幾下，覺得非常舒服。當我肩痛時我也會撞牆角，這種方法也不錯。有人建議用腳跟像企鵝走路，但沒解釋原因，看足底按摩的圖，才知它是坐骨神經的反射區。在《太平洋時報》2016 年 4 月 13 日的「生活與健康」專欄，陳秋官的大作〈兩次坐骨神經痛的經驗〉提到游泳是最好的治療法。據他所知，浮在水面上的身體，腳用力踢（蛙式）自然會將脊椎骨壓迫到神經的地方拉開，他也介紹倒立板（inversion table），它也有電動式的電動倒立機。替我做頭髮的仙蒂告訴我，當她覺得背痛或坐骨神經痛時，她就使用電動倒立機讓肌肉放鬆、舒緩疼痛，不過要起身不容易，所以要她的丈夫在旁邊幫忙，雖然比較貴也比較安全。其實倒立機不是治本的方法，核心基礎訓練才是上策，但核心基礎訓練也不必全做，做些弓箭步（lunges）運動就很有幫助。

　　日常生活中一定要維持正確坐姿，背部輕鬆靠椅背，不要駝背或蹺腳，也不要久坐，最多一小時就要站起來，因為坐下時會讓脊椎骨負擔的壓力比站時多40%，增加損傷脊椎骨的危險性，記得勿長時間久坐，會感到臀部不舒服或痛，因為老祖宗說久坐會傷肉。對於拿重的東西也要注意，有時間就盡量休息，平躺在床上睡覺時，可在膝蓋下放一大枕頭，或放顆石頭（如天然赤鐵礦石）在痛處，身體搖來搖去將可減少疼痛。

　　8 月 6 日參加婦女會時碰到老朋友，問她的近況，她說她有髖骨痛和臀部痛的毛病，我問她有無按摩，她說她按摩得青一塊、紫一塊，我立刻給她一粒赤鐵礦石要她敲打環跳穴（側臥腳往臀部上抬，足跟碰到的地方），我也告訴她這和腰部有關係就開始按摩她的腰部，讓她覺得很舒服，我跟她說我曾在 5 月初時跛腳走路，總算在 6 月 15 日，到哈拉斯紐奧良賭場過兩夜又吃著名的海鮮百匯晚餐時走路才正常，她一點也不相信。

　　我靠著刮痧工具，每天對位於小腿外側膝蓋下一寸的陽陵泉穴（GB34, Yanglingquan）❼ 刮痧，接著左髖關節、左臀部及尾骨、環跳穴先做刮痧，然後用赤鐵

---

❼ 陽陵泉穴很管用，從髖骨一直到腳踝的筋病都治得到，其實全身的筋都可治，因為「筋會陽陵泉」，但這穴位在較深陷處，所以我會用赤鐵礦石敲打它然後做髖骨上下彎曲的動作，效果不錯。

礦石按摩，最後用天然赤鐵礦石敲打的土法煉鋼治痛三步驟。但抬腳走路時左髖關節仍然微痛，我想這種病痛好像很難斬草除根，只好認命地每天按摩，寄予蒼天望跛腳的窘境不再來臨。

PART 3

隨心所欲

01 │ 顧囝仔

　　通常每年 9 月外子和我要到波士頓，因爲外子喜愛跟兩個男外孫、兩個女外孫到附近的蘋果園採蘋果，以彌補他當爸爸時，爲了一家的飯碗煩忙，無法和兒女們一齊歡樂的時光。

　　2014 年 JetBlue 的機票價錢提高，兩張票要花 $656.4，外子捨不得花這麼多錢，而我想校對拙作《Self-Help: Acu-Hematite Therapy》，就不打算前往波士頓。

　　結果 8 月底二女兒糖亞來電要我們一定要去波士頓，當時我以機票太貴爲由拒絕，糖亞主動提出她要負擔一些機票費，外子心動，估計若糖亞付 $150，我們負擔 $500 算划得來，馬上要我訂購機票。決定於 8 月 30 日由紐奧良起程，9 月 15 日飛回紐奧良。

　　得到我們同意後，糖亞馬上在 Google 的日曆上寫下我們去波士頓照顧阿雪兒（Asher）及阿雅（Arya）的日期。9 月 2 日到 9 月 3 日，她和賓梅立克要在紐約市舉行新書發表會，9 月 2 日早晨，賓梅立克會上《Morning Joe》的節目，談論他的新書《Seven Wonders》，用世界 7 大奇觀爲背景，描述人類學家

Jack Grady，試探已有數千年歷史的古代著名建築物和現今世界的祕而不宣之處，後來他碰上植物學家Stone Costa，他們一伙人從巴西、印度、中國到秘魯去發掘真相，這本書即將拍成電影。糖亞於 9 月 2 日早晨 10 點來接我到她家，她飛往紐約市的飛機將於 12 點 30 分起飛，我怕她錯過班機要她趕快出發，至於如何煮早餐給阿雪兒及阿雅吃，她已寫好步驟，我跟她說應該沒問題。她抵達紐約市的時間是下午 2 點 30 分，同時也給了我一封報平安的伊媚兒，使我較安心。

外子在家是總監督，裡裡外外，甚至三頓飯都由他負責，還沒到波士頓之前知悉要煮早餐給阿孫們吃，我就建議糖亞要她僱用的保姆提早前來預備早餐，她說 Trina 若 7 點 30 分上班到 6 點 30 分回家，已經 11 個小時，不能要她提早上班，後來外子知道顧囝仔他也必須煮早餐，居然口口聲聲答應下來。結果到了波士頓，因外子從來不曾早上 6 點 30 分起床，早起是一個問題，再來是阿雪兒吃東西非常挑剔，給他吃雞肉香腸，咬了一小塊跟我說味道不好，我要他試試另一塊，他勉強咬了兩口就不吃了。他也不吃水果，只吃華夫餅乾（waffle）；阿雅卻樣樣都吃，我先給她木瓜，然後是香腸，最後是華夫餅乾，這是吃東西的正確順序。通常臺灣人最後才吃水果，這是不對的吃法，要先吃水果，再喝湯（若有湯可喝，

二個小天使：男孩阿雪兒、女孩阿雅，2014年9月2日攝於波士頓。

但在家外子主廚，免想），然後吃蔬菜、肉類，最後才吃
澱粉類的食物，因為澱粉類的食物最不容易消化。

9月3日9點30分 Trina 準時上班，阿雪兒準備
第一天上學，他要阿嬤跟他去，結果是阿雅跟他去，
Trina 也帶阿雅去看她下星期二要去上課的教室。
Trina 拍了他們第一天上課的照片，我稱讚她拍得很
好看，她說她在大學主修照相，然後上研究所，取得

藝術治療學（Art Therapy）的碩士學位，因爲看到很多老前輩仍找不到工作，她很喜歡小孩子，她的母親也是幼稚園的老師，所以她決定先做一年的保姆再說。

晚上 6 點 30 分，Trina 幫他們洗完操，接下來就是阿公、阿嬤的工作，阿雪兒拿著他晚上睡覺時必備的「小被被」：一件舊襯衫，和阿公丟來丟去；阿雅拿著布製小白兔「Ya Ya」，也跟阿公丟來丟去，大家笑不可仰，接著是他們刷牙的時間，然後客廳亂放的玩具要歸位。

這之後，剛滿 2 歲 3 個月的阿雅乖乖地坐在小紅椅子上說：「I want my iPad.」 只見她手指頭一動，打開 iPad，點來點去，找到她要看的節目就看得出神，已超過她要上床的時間，我跟她說，再給她 10 分鐘，她知道我的意思，之後自動走向睡房，邊走邊問：「Where is mommy?」阿雪兒向她解釋媽媽不在家，媽媽會帶禮物給她。

9 月 4 日，Trina 讓他們和父母親通電話，阿雅第一句就問：「Where is my present?」賓梅立克馬上回答，媽媽於昨天下午已買好她的禮物。當天糖亞及賓梅立克從紐約市飛回波士頓參加由 Mr. & Mrs. John W. Henry（他是波士頓紅襪野球隊和《波士頓環球報》的主要負責人）替他們開的正式新書發表晚會，有超過 250 人參加，有些記者認爲，與會的人很多人是慕名來湊熱鬧，對賓梅立克到底寫了什麼完全不重視。家

裡唯一的男孩奧利佛（Oliver）也特地從紐約市來參加
這場晚會。

　　9月7日外子終於如願以償和4個孫子、孫女去
蘋果園，賓梅立克忙著帶阿雪兒及阿雅去坐小火車、
看動物。他除了感謝我照顧阿雪兒及阿雅外，還問
我有沒有遇到什麼困難？我向他解釋這兩個小孩很
好照顧，但是負責任的壓力很大，「You never know
when and what will happen to them.」他也有同感。

　　9月8日到9月11日，糖亞及賓梅立克被邀到好
萊塢會見導演並做新書簽名會，也被 Craig Ferguson
邀請上9月11日《Late Late Show》的節目。我們
就需要在糖亞處過夜，白天外子常常回自己的家，9
月9日他路過農夫市場，看到農夫自製麵包就買了一
條，覺得很好吃，此時只有阿雪兒在家，Trina 帶阿
雅去做體操。外子要我吃麵包，我也順便給阿雪兒半
塊，他咬了一小塊就吐出來，跟我說味道不好，過一
會兒他說他要藥片，這下子我覺得事情嚴重了，想起
阿雪兒對許多豆類過敏，還好 Trina 不久就回家，給
他吃藥後看他的舌頭是否紅腫，幸好沒有。賓梅立克
當晚從洛杉磯打電話給我，跟我說過敏有時會置人於
死地，囑咐我該留神聽阿雪兒的呼吸，若阿雪兒的呼
吸突然停止，要我 call 911。

　　這一晚我很難入眠，常常到阿雪兒的睡房，用手
放在他的鼻下查看他是否仍在呼吸。次晨糖亞打電話

給我，責備我沒讀她寫的會讓阿雪兒過敏的食品說明。我曾要求糖亞列出所有緊急事項發生時需要打的電話號碼，也記了一下，卻沒注意到阿雪兒的過敏問題，實在疏忽。我常常對外子講，我不喜歡顧別人的孩子，因為若出事，我的責任重大。幾個月前，阿雅在電梯內右手受傷，若那是在我照顧時發生，我一定受不了，精神會受到嚴重的打擊。

　　阿雪兒記得阿嬤以前都坐在他的沙發椅上，等他睡著了才離開他的睡房，此次他也要求我如此做。有一晚，他甚至於要我哄他睡，我就拍拍他，唱起他小時候我坐在搖椅前為他唱的搖籃曲，他一下子就入眠。阿雪兒真可憐，他看到爸媽很疼愛阿雅，有時會偷偷摸摸打阿雅，阿雅就大聲哭叫，糖亞馬上就會處罰阿雪兒。我告訴糖亞，這不是辦法，要讓阿雪兒知道他們也很疼愛他。

　　9 月 12 日糖亞及賓梅立克回波士頓，馬上請外子和我到大學俱樂部吃晚餐，外子一向喜歡那裡的漢堡。那天供應大牛排，外子也改變初衷要大牛排。廚師認識糖亞，出來打招呼，糖亞向他說我們要叫大牛排，他非常高興，因這道菜是他的拿手菜，要週末才有，要用慢火焙 18 小時才出爐，包君滿意。果然名副其實，我們吃得津津有味。賓梅立克談及一位導演請他們吃壽司，他一定要吃完給他的壽司，這對賓梅立克是個挑戰，因為他一直不喜歡東方食品。我談到

他上電視臺，要阿雅看他，阿雅總是問：「Where is my present?」好像賓梅立克可從電視上丟下禮物給她，賓梅立克聽了笑咪咪，覺得阿雅真可愛。

賓梅立克也發現奧利佛最近也常上電視，我告訴賓梅立克，奧利佛是 CNBC 的常客，舉凡分析百貨公司如 J. C. Penny、Macy，還有 Wal-Mart、Costco、Tiffany、Gap 及 Michael Kors 等股票的動向，都會請他去臭彈一番。他是天時、地利、人和的產物，並不是他比別人聰明。我常告訴奧利佛，強中還有強中手。本來外子認為這男孩無路用，現在他上電視好像走廚房，外子不得不對他稍微尊敬一點。吃完星期五的大餐，本來計畫又要去顧囡仔，因為糖亞有二場派對要參加，後來她覺得太累就取消，叫車送我們回家，到家後我馬上睡覺去也！星期六除了吃飯、上廁所，也差不多全天候躺在床上，被外子嘲笑戲弄，顧囡仔算是他第一次看到我真正做工。

最後一天跟阿雪兒和阿雅見面是 9 月 14 日在喜臨門大酒樓，阿雪兒念念不忘該酒樓，外子說他是蒼蠅貪甜，喜歡吃豆腐花用糖做成的糖水以及愛果子露上的小雨傘。阿雅向糖亞要求要阿嬤跟她一齊回家，糖亞不答應，阿雅就氣嘟嘟地一直踩我的腳。小女兒佩翠霞（Patricia）覺得她很古錐，笑著問怎麼回事？外子聽完我的解釋後，他認為阿雅 thinks she owns me，也就是說阿雅覺得我是屬於她的。

02 | 意外的收穫

　　我生性雞婆，自從在《太平洋時報》登出〈自我減痛記〉後，有些讀者會特別由林文政社長轉交詢問的信件。除了回答問題以外，我會免費贈送赤鐵礦石，均反應良好，後來我也贈送赤鐵礦石給賭場的工作人員及跳蚤市場的顧客們。這些勞工階級，以勞力換取金錢，年紀輕輕就將身體弄得腰痠背痛，但又無法享受老人的健保，很多人只能吃止痛藥了事。

　　通常我是用赤鐵礦石按摩他們的太陽穴，按摩後他們會覺得很舒服，又因為免費，讓他們躍躍欲試。每個對赤鐵礦石有興趣的顧客，我會比手畫腳從頭到腳地解釋一番，但很多人仍然似懂非懂，他們認為我該出書。後來我找到一張印有穴位按摩又有中文解釋的圖，就勉勵他們看圖後自行想像，朋友黛安娜非常有心得，她看圖後準確按摩痛處解除自己的背痛，甚至開始印那張圖教導同事按摩。她晚上洗澡後還會坐在沙發椅上，兩腳各按湧泉穴 108 次。儘管我自己是「三天打魚，兩天晒網」的族群，但我很高興黛安娜因此養成了按摩的習慣。

　　我於 2011 年 11 月出版《銅屋雜集》後跟二女

兒糖亞開玩笑說，我已有資格離開人世，因為已完成自己的夢想。糖亞馬上嚴肅地告訴我，要我繼續活到老，看著她的兒子、女兒結婚，要我另外找別的事情和計畫。她的建議我覺得合情合理，我需要充沛的精力，因為我患有嚴重的關節炎，隨外子做生意出外送收貨時，常上氣不接下氣。

二女兒的一席話，讓我對關節炎、全身疼痛的問題更加注意，對我屯積的十幾本關於穴位及治療的書也比較常翻閱。本來用手按摩時我只按摩合谷穴及湧泉穴，當我用赤鐵礦石按摩時，幾乎感覺痛的地方就按摩，按照穴位治療法，若疼痛消失，就是經絡被打通。經絡既不是血管亦不是神經而且是肉眼看不見的線路，它圍繞著人體，對人的健康有重大的影響，譬如從腳部上升到頭部的肝經若浮現，表示肝臟的機能衰退了，肥胖亦是肝機能衰退所引起的。

由於每天按摩，我在外子運貨車爬進爬出的困難度大減，2014 年 5 月底，朋友奧按尼醫生認為我看起來比以前健壯，我告訴她，我有空就用赤鐵礦石按摩全身，她認為她年老的母親也需要按摩，我就送她許多赤鐵礦石，讓她母親可帶些回去非洲送給親戚朋友使用。

有一位顧客 Mrs. Pat Bedenbaugh 看紐奧良花車遊行時被推擠使肩胛骨受傷，用我送給她的赤鐵礦石按摩，感覺疼痛得到緩解，她認為光有按摩的工具不

夠，還要有資料供參考操作。因外子曾告訴我她當過大學教授，我趁機要求若我用英文寫作，她要負責改正我的英文文法及錯字。於是我每寫完一章就伊媚兒給她糾正，她是完美主義者，可以一讀再讀，隨時隨地都有不中意的地方。本來她以為我只會寫幾頁才答應要幫我校對，沒想到我是真的在寫書，當我認為該完結時，剛好也收到她叫我不要再寫了的警告，就順勢停筆了。

2014 年 4 月中旬，接到前衛出版社排版稿，Mrs. Pat Bedenbaugh 再度過目，於 8 月底完成，我認為這本《Self-Help: Acu-Hematite Therapy》是我的意外收穫。有一天，外子喃喃自語，認為他一點成就也沒有，我才恍然大悟，他像一根蠟燭，燃燒自己照亮別人，他的任勞任怨，使孩子們能青出於藍更勝於藍，因為他負擔家務與業務，使我有空坐在電腦前，綜合中外古今的資料寫出一本 304 頁的英文書。外子常告訴他的朋友們，我的快樂是建築在他的痛苦上。是的，沒有你，這本英文書就不會問世。

2015 年 5 月 2 日，將該書內容簡單介紹後在 goodreads.com 做廣告，到 2017 年 3 月 17 日竟有一百萬次（1,009,577）的點閱率！我一點也不敢相信！我也到處演講如何用赤鐵礦石按摩，我於 2017 年 1 月 22 日在紐奧良婦女會演講「健康愛靠家治及因果關係」，姐妹們非常滿意，在回家途中我想到，或許

可以到我家小鄉下的 Natchitoches Parish Library 做演講，結果回到家後，1 月 24 日真的收到該圖書館排成人節目的主任 Martha Uchino 的來信，邀請我於 3 月到該圖書館演講。

這是天上掉下來的好機會！我不曾在美國佬面前演講過，實在有點害怕，但仍硬著頭皮接受，伊媚兒給 Martha 說，就算只有一個人來聽，我也會去演講，並且答應給每個聽眾一本我的書和兩粒赤鐵礦石，結果有 25 個人報名。2017 年 3 月 14 日我去演講前，外子向我說：「Good Luck!」演講後，Martha 非常高興滿意，她告訴我，原本還以為要替我請翻譯人員。

那是我第一次全程用英文演講，看來我從前每天下午 1 點到 3 點時，只盯著電視看《As the World Turns》（1956-2010）及《Guiding Light》（1952-2009）這兩齣美國連續劇（soap opera），直到它們停播為止，對我的英文會話是大有幫助。Martha 並於 3 月 16 日伊媚兒感謝信給我，提到聽眾非常滿意，也開始自我按摩，還邀請我再度去演講。我覺得我該立志申請演講的證明書，從此開闢我的第二職業。

2017 年 2 月訪臺期間，16 日參加呂秀蓮前副總統籌備的 228 節目會議時，順便請她替我的書簽名。3 月 1 日拜訪李登輝前總統，除了替他的手腳按摩之外，也趁機要求他簽名，這又是意外的收穫。

The Natchitoches Parish Library is interested in your Acu-Hematite Therapy program. Are you available in March?

Can you please email details about the program? How long will it take? How many people can participate? Can you present the program in the evening at 6:00 p.m. or on a Saturday?

The library cannot offer any payment for the program, but we hope you will agree to volunteer to show the library patrons your acu-hematite therapy.

Please let me know if you are interested for the month of March.

Thank you so much!

Martha Uchino

1/24/2017 Adult Programmer

Natchitoches Parish Library

450 Second Street

Natchitoches, LA 71457

2017年1月24日，接獲Natchitoches Parish Library的演講邀請。

Hello! Many, many thanks for coming to the Natchitoches Parish Library to present your book and demonstrate how to use acu-hematite stones. Your generosity in presenting this program and your generous donation of so many of your books and stones is unsurpassed.

I am getting lots of positive feedback about your program. The attendees were delighted with the program and some of them have told me that they are using the stones already.

We appreciate the photos, as well!

We would love to invite you back to the library at some future date, if you are available. You are a true asset to the Natchitoches community.

We wish you continued good health and much success with your book.

Best regards!

Martha Uchino

3/16/2017

2017年3月16日，接獲Martha Uchino的感謝信。

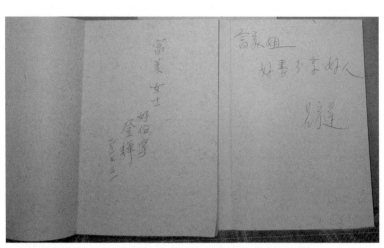

李登輝前總統及呂秀蓮前副總統在筆者的著作上留下他們的簽名。

03 ｜ 沾沾光

　　2015 年 6 月 25 日在紐奧良和朋友們一起吃晚餐時，坐在我旁邊的李先生告訴我，他最近常常在電視裡看到我的兒子奧利佛及二女婿賓梅立克。他讚賞我的二女兒糖亞替我釣到一位金龜婿，我向他埋怨，因爲二女婿的名氣，害得小女兒佩翠霞的追求者裹足不前，認爲自己沒錢沒勢，不知我會否收容他當我的女婿，我只好馬上伊媚兒向他說明，人生最重要的事是快樂，這是我《Self-Help: Acu-Hematite Therapy》裡第一章的重點。本來，賓梅立克是一位沉默寡言、衣冠不整的怪人（geek），通常他和朋友上酒吧時，總是躲在牆角自娛自樂，有一晚，他看到一位美麗的女孩，卻因爲太緊張而不敢接近她，竟派他的友人傳達想和她做朋友的訊息，這是他和糖亞第一次見面。一開始他只敢偷偷凝視她，一段時間後才鼓起勇氣和糖亞說話。糖亞問他住在什麼地方？靠何維生？他說他是作家，糖亞認爲他在說謊，糖亞以爲他可能是住在哪一區的貧民住宅裡，後來跟他熟悉後才知道他住在高樓大廈裡。糖亞於 1998 年和賓梅立克相識，他們臭味相投，在家裡同是排行第二。賓梅立克這位哈

佛大學畢業的年輕作家，從小就夢想有朝一日能名利雙收。糖亞非常興奮，認爲她終於找到和她志同道合者，當時賓梅立克的書銷售量平平，有一陣子他想改行，再度進哈佛的商學碩士班。

賓梅立克於 2015 年 6 月 28 日接受《All Things Considered》的廣播訪問時，提到他成名前只是位掙扎的作家。有一晚他朋友帶他到麻省理工學院附近的酒吧喝酒，他看到一群麻省理工學院的學生身上有很多百元大鈔，因爲他認爲在紐約、洛杉磯或拉斯維加斯看到百元大鈔不稀奇，但百元大鈔在波士頓並不常見，因此心生好奇。因緣際會下，賓梅立克被朋友介紹給該群學生認識，其中有位高高壯壯、體育健將型的學生 Jeff Ma，其父是保送臺大的外省人。

賓梅立克看 Jeff 花錢如流水，但又不覺得他是販毒者，就好奇地問他錢從哪兒來？Jeff 便邀請賓梅立克到他的公寓，將送洗衣物的籃子內的 25 萬美金指給賓梅立克看，賓梅立克從未見過那麼多一捲一捲的百元大鈔。Jeff 立刻要賓梅立克明天和他一起到拉斯維加斯，他可讓賓梅立克知道一些事。賓梅立克當時沒有正規工作又欠債累累，心想，有什麼理由不和他一起去？賓梅立克的《Bring Down the House》即於 2002 年出版，此書是以 Jeff 的親身經驗，以及賓梅立克跟著該隊人員到拉斯維加斯的所見所聞爲藍本，描寫麻省理工學院的 6 位少年，如何在拉斯維加斯的

21 點（Blackjack）賭桌上擊敗莊家，贏得 300 多萬美金的真實故事。該書的平裝本，獲得 2003 年 10 月 5 日，《紐約時報》平裝非小說書本最暢銷書排行的第 4 位，它蟬聯暢銷書名單長達 1 年多的時間。由於此書，2004 年 11 月賓梅立克被《人民雜誌》選為最性感作家。據賓梅立克透露，該書仍是他目前最暢銷的書，也因為這本書，他變成熱門的受訪人物，糖亞是服裝設計師，又很會化妝，費盡九牛二虎之力終於將賓梅立克改頭換面，讓他搖身一變成為衣著講究、著作暢銷的作家。每次新書一出版，各電視臺就爭相探訪他。他的《Bring Down the House》是電影《21》的劇本。

　　2015 年 6 月初，賓梅立克的《Once Upon a Time in Russia》上市，糖亞認為她應該和賓梅立克到洛杉磯去爭取拍片機會，果然回家後報告 Warner Bros 以及製片家 Brett Ratner 答應拍片。賓梅立克謙虛有禮，一點也沒有大作家的派頭，他認為糖亞給他的助力不少，也感謝我們替他們顧囝仔。為了徵召外子及我照顧他們的男孩阿雪兒及女孩阿雅，糖亞自動買了兩張座位較好的 JetBlue 機票送給我們，外子非常高興，好像逢人就說他要去波士頓，因為他的女兒給他買飛機票。外子的眼科醫生聽到後很羨慕地說，他兒子是波士頓紅襪野球隊（Red Sock）的球迷，外子即自薦能免費提供好座位，有一天能帶他兒子去波士

頓看野球，讓醫生眉開眼笑，等不及回家要告訴兒子
這個好消息。

　　6月4日，賓梅立克當天從紐約市趕回波士頓參
加由 Mr. & Mrs. John W. Henry 及 Mr. & Mrs. Seth
Greenberg 在新開業的 Serafina 高級餐館替他開的新
書晚會。當晚賓梅立克坐在一張大藤椅上馬不停蹄地
簽名，人群川流不息，我也沾沾光拿著我的新書和賓
梅立克照幾張相，心想，可能將來能有此排場。外子
曾和波士頓紅襪野球隊頭家 John Henry 見面數次，
趁機要我替他們合照，以證明他們認識，因為這裡的

2015年6月4日於波士頓，波士頓紅襪野球隊頭家John Henry（左一）和筆者
的先生合影。

美國人多是波士頓紅
襪野球隊的球迷。我
嘲笑外子跟我一樣是
沾沾光純過癮一族。

◀筆者、《Self-Help: Acu-Hematite Therapy》與賓梅立克的《Once Upon a Time in Russia》海報合影。

▼2015年6月4日於波士頓，筆者沾沾光和賓梅立克合影。

04 | 姜子牙釣魚

　　話說 2015 年 5 月底，兒子奧利佛邀請我們及小女兒佩翠霞坐荷美遊輪（Holland America Line），到阿拉斯加州做為期 7 天的旅遊，獲得此消息後我非常興奮，因為我有些大學同學都去過那裡，紐奧良的鄉親也一直向我推薦該到阿拉斯加州看風景。因外子於十幾年前參加一次墨西哥之遊，當時 9 月初不巧遇到颱風，船身的搖擺度害他暈船，加上他所購買的是沒窗子的便宜艙，雖然五臟俱全，但小得他洗澡、上廁所都感到不快，他又不喜歡上岸，躲在艙內看報紙的時間比悠閒玩樂的時間長，那次旅遊他玩得很不痛快，埋怨比讚賞多，看他那麼可憐兮兮，從此我不再參加旅遊。

　　對於兒子的邀請，他仍是有點怕怕的，事先準備好一瓶暈船藥。我們於 7 月 8 日上船，上船前被安排坐在右邊的椅子，右邊的人數很少，所以我們首先上船，兒子跟我們說我們的艙位在 7 樓，到達 7 樓，路過休閒室（Lounge），兒子特別介紹只有這一樓有休閒室，外子隨時可喝咖啡或各種茶及飲料，三餐前會有三明治、水果及甜點，若不想吃太多，可以在此休

閒室享受。走進艙內，先看到特大號床、沙發、桌椅與各式各樣的飲料、紅酒、白酒還有巧克力糖與新鮮的花朵裝飾，又有我最喜歡的按摩浴缸與兩套浴袍。在寬敞的陽臺（Balcony），有兩張可讓人懶洋洋地躺臥的長椅及 1 套桌子、4 張椅子，開門出去，可欣賞沿途的風景。外子像劉姥姥進大觀園，不敢相信兒子讓他住頭等艙，他跌破眼鏡，本來他的口頭禪是「Cheap is good.」，此時他恍然大悟，原來一分錢一分貨。他馬上躺在床上夢周公去也，因為我們於 7 月 7 日清晨 3 點就起床坐早晨 6 點的飛機。外子醒來後，詢問船是否已出帆，我告訴他老早就起程，他一點也不相信，因為我們此次的航線是阿拉斯加冰河灣內灣航行線（Inside Passage），屬於風平浪靜的航線，所以他一點也沒感覺到船在行駛，也不必吃暈船藥。

　　第一次上岸，我們參加看鯨魚、海豚、白頭鷹及冰河灣國家公園的團隊，我們看到 3 隻鯨魚在一起，忽現忽沉，遊客都拍手叫絕，外子也歡呼，很高興第一次親眼看到鯨魚，而不是在電視上看到。在國家公園遠望冰山及四周環繞的高山和瀑布，是大自然最偉大的奇景之一，恨不得能用手摸摸它。第二次上岸，我們坐 3 小時的火車，從白馬市（White Pass）到史凱威（Skagwa）。我們坐的是頭等車廂，剛開始我們的車廂是第一節，乘客只有 8 位和 1 位導遊，導遊沿途介紹風景，他建議我們不要小看外面那些樹木，有些

小樹已有百年的歲數。沿途我們經過當年出現淘金熱的狹窄小路，我問導遊是否真有人淘金致富，他說前幾百人有挖掘到黃金，慢來的人只好當鐵路建築工人。後來我在雜誌上看到，1898 年 7 月到 11 月的短短 5 個月，美國在西雅圖及舊金山印鈔票的機關收到 1,000 萬來自矽地卡的黃金，1900 年，又有另外 3,800 萬黃金的記錄。史凱威於 1900 年的人口有 3,117 人，是阿拉斯加州的第二大城，現在的住民只有 850 人。火車回程要轉頭，我們的車廂就變成最後一節，旅程中導遊無微不至地親切招待，遊客也輕鬆地發問，是一趟悠閒的旅程。我知悉有很多人只到阿拉斯加州工作 5 個月，通常於 9 月底遊季結束就會離開。

7 月 12 日星期日不上岸，坐在餐廳往外看，心想，怎麼海上忽然有那麼多白紙？袂當（未能）了解，真緊（很快）向外子請教，方知是冰塊。坐在船上無事做，通常我是兒女的跟屁蟲，跟他們一起去玩賓果字卡遊戲、看娛樂劇、聽少年愛聽的音樂，有一晚不知為啥咪（什麼）佩翠霞捧腹大笑，詢問下方知她覺得歌詞很好笑。

7 月 13 日上岸，我想戴帽子就好，不必用髮夾，結果我們乘坐的漁船是 4 人座位的小漁船，從凱契根（Ketchikan）上船，船夫馬克想帶我們到較北方的港口釣魚，他用很快的速度駕駛漁船，外子警告我，

該拿下帽子，否則帽子會飛走，我只好讓我的頭髮滿天飛，後悔沒用髮夾。愈向北邊風浪愈大，大到水都進入船內，馬克認為危險，只好歸帆，並答應帶我們到他平常釣魚的地方，因為他有 15 年釣魚的經驗，所以大權都掌握在他手上。

筆者學習姜子牙釣魚——願者上鉤。

他找到自己釣魚的所在，拿出轉輪線釣魚竿，放上魚餌，囑咐我們放線到釣魚浮標浮在海面就停止，然後魚竿一上一下搖動，佩翠霞首先察覺有魚上鉤，她馬上要將魚竿拉上來，卻被魚溜走，不久，外子也認為他釣到魚，馬克幫助他慢慢地把魚拉上來，是一條很大的紅鯛魚（Red Snapper），不一會奧利佛和佩翠霞也各釣到一條小魚，不到 10 分鐘釣到 3 條魚，馬克非常高興，要我們收魚線，再到別處去釣魚。佩翠霞走過來幫我收線，發現一條不小的紅鯛魚掛在我的魚竿下。這是我生平第一次釣魚，根本沒感覺那條魚上鉤，外子嘲笑我像姜子牙釣魚——願者上鉤。後來佩翠霞又釣到兩條魚，馬克認為已有足夠的魚肉當午餐，他駕駛漁船

停泊在一處專門替遊客殺魚做午餐,供應飲料,用木柴燃燒取暖、煮咖啡之處,所以我們享受到美味的野外午餐。

佩翠霞小聲問我,我們的 6 條魚,應該有真濟(很多)的魚肉?因為外子釣到的魚有 6 英磅,聽說魚齡至少是 30 歲到 40 歲之間,但我們只吃一小盤。我告訴她,我們一定要和別的遊客們分享,因為和我們一起出發的船只釣到 3 條小魚。後來奧利佛透露,馬克告訴他,我們的魚肉是和其他遊客分享。好佳哉,很多人上遊輪後體重增加 15 英磅,我沒有增加磅數,因為我看到很多人吃飯時都端兩盤菜飯,實在不敢恭維。不過此次旅遊,午餐及晚餐兒女們都有喝些紅酒及白酒,我也不甘落後,酒量增加不少,自娛娛人且增加社交能力。

7 月 19 日回到鄉下的老家,詢問外子旅遊的感想,他覺得十二萬分的滿意,我告訴他,有些好萊塢明星很有錢,但不管父母的死活,此次奧利佛招待我們,讓我們兩老上豪華遊輪、住豪華艙位及享受船內的高級餐廳,他本身也很快樂。吃飽飯後,拜讀吳明美在《太平洋時報》7 月 8 日第 8 版刊登的〈可憐天下父母心〉,非常替她的朋友瑪麗夫婦打抱不平,講給外子聽,他說我該撰寫〈快樂天下父母心〉,雖然我們沒有錢,但 4 個孩子及 4 個孫兒們對我們都不錯。若沒錢算是不幸,我們是享受不幸中的大幸。

05 | 知名度

　　2015 年 7 月 29 日，我讀《太平洋時報》看到第 4 版〈隊長親征‧黃國昌參選立委〉的文章，報導他於今年 5 月底接受《民報》專訪時談到：「不要以爲自己高人氣，到市場、宮廟等凡間看看，其實沒多少人認識你。」這句話讓我讀了又讀，不禁想起當年嫁給外子，自我介紹時，我知道對方一定不認識我，就會特別加上一句，「我的先生是陳榮成。」結果很多人的表情好像鴨仔聽雷，有些人很有禮貌，還會客套一下說：「陳榮成這名字很熟悉。」我後悔高估外子的知名度，從此不再將他放入我的自我介紹內。

　　聽說有些大作家，對不認識他們是何許人物的人，會暴跳如雷、感慨萬分，還大罵有眼不識泰山。這種情況我可以舉例，讓大作家們不必那麼垂頭喪氣。通常我到波士頓，會抽空到蘋果電腦的門市部修課，談話中，我會向授課教師提到二女婿賓梅立克，他是《紐約時報》暢銷書的作家，在波士頓算是熱門人物，通常《波士頓時報》會刊登他的新書發表會等活動，可惜到目前爲止，我的教師們沒有人熟悉這個名字，他們也不在乎他在做什麼，他們倒是很樂意告

訴我，除了教人使用蘋果電腦，其餘的時間他們在做什麼。記得有一次看電視節目，記者在街頭詢問年輕人，是否聽過尼克森（Richard Nixon，美國第 37 任總統）這名字，很多人都搖頭。

　　孔子的知名度當然不錯，但我相信要大家都知道他也相當困難。西方人有很多人研究他的理論，但是世界上有很多文盲，他們一定沒聽過他的名字。根據孔子的自述：「吾十有五而志於學，三十而立，四十而不惑，五十而知天命，六十而耳順，七十而從心所欲，不逾矩。」孔子於 72 歲去世，他隨心所欲的歲月不多，而我已超過孔子蹺辮子之齡，仍然未到不惑境界，所以到現在還是個無名小卒，命也。聽說孔子出名早，齊景公問政於孔子，這時孔子 35 歲，齊景公很欣賞孔子，想分封孔子，遭晏嬰反對而作罷，可見「三十而立」是這個意思。孔子回到魯國後，沒官可做，只好死心塌地做學問，他全力治學，越學越明白，當然也就「不惑」了。1978 年是我 35 歲的時候，當時我坐在辦公室，想起往後 3 個小孩子的教育經費（小女兒 1980 年才出生），就像熱鍋上的螞蟻似的坐立不安，因為兩分固定的薪水，一定無法送他們到私立的中學當住校生。家母一向用節省的方法，自己縮衣節食，使家兄及我能受大學教育，我秉承家父愛花錢的習性，主張開源，一直想出來做生意。1979 年 11 月，終於如願以償，在我們所住的小城鎮經營禮

品店。首先開零售禮品商店，後來又兼批發，忙得不可開交，又要照顧孩子們，一點也沒想到要治學。還好，晚景不像孔子那樣孤獨而淒涼，也能享受到很多「七十而從心所欲」的玩意兒。

今年大學同學要開 50 週年的同窗會，將於 9 月在臺灣舉行，名單上沒看到林同學，通常他是每會必到的人物，很少缺席。我於 7 月底打電話詢問，話匣子剛開始，他就恭喜我，說我的兒子及女婿很有名

筆者母子於2012年11月22日在波士頓合影。

氣。我心裡納悶，心想，我不曾和他話家常。就反問他，是否曾告訴他？他說他自己知道的，我並不曾向他提起，他常常在電視上看到我的兒子奧利佛及二女婿賓梅立克。眞是長江後浪推前浪，一代新人換舊人，外子的知名度不高，現在我又有二個靠山，幸哉！

　　每當朋友或親戚認爲我該以他們爲榮，我總覺得這不是我的成就。以前我一直認爲我不能做的事，可逼迫孩子們去做，孩子的成功也就是我的成功，直到我讀了一篇文章，大大改變我的想法。文章的內容提起你不能當鋼琴家，就逼你的兒女拚命練琴，希望他們有朝一日成爲有名的鋼琴家，達到你的夢想，這對孩子們是非常不公平的。所以我花了很多錢，讓孩子們上他們能勝任的學校，只求他們有快樂的人生並建立自己的自信心。

　　去年拙作《Self-Help: Acu-Hematite Therapy》出版，今年 5 月 2 日我將該書內容簡介刊登於 goodreads. com，到 2017 年 8 月 14 日竟有超過一百萬次（1,220,687）的點閱率！其中 2015 年 7 月 21 日有 5,720 次，2017 年 6 月 7 日有 4,605 次，甚至 2017 年 8 月

筆者的英文書《Self-Help: Acu-Hematite Therapy》。

1 日也有 6,750 次的記錄，但銷量少得可憐，外子嘲笑我是有名無實，我也自得其樂，這是窮開心的最佳例子，不知能否列入「知名度」的排行榜？

　　從維基百科中知悉，黃國昌教授今年 42 歲，和我二女兒糖亞同齡，他本身已達孔子的主張：「學而優則仕」，孔子希望通過出仕爲官來推行自己的政治主張。黃國昌教授獲頒第一屆「NATPA 廖述宗教授紀念獎」，被公認爲「有潛力對臺灣做出更大貢獻」的得獎者，希望他名副其實，善於傾聽民間疾苦，善於接受賢達勸諫，切記「不聽老人言，吃虧在眼前」。當然，我所說的老人是指有生活閱歷以及經驗、學識豐富的階層。

06 | 阿雅和我

　　阿雅是二女兒糖亞的第二個小孩，是個洋娃娃，於 2012 年 6 月 7 日 8 點 47 分誕生。聽接生醫生說，她是哭聲最大的嬰兒，我笑她，將來可當個女高音。

　　轉眼間，阿雅已 3 歲，由於糖亞要陪伴她的丈夫賓梅立克到洛杉磯，就徵召外子及我照顧她的男孩阿雪兒及女孩阿雅，她自動買了兩張機票，所以此次參加阿雅的生日派對我們不必自掏腰包，節省 700 多元，又能為逗人又可愛的阿雅慶生，外子樂得笑咪咪。

　　經過糖亞的訓練，她剛會說話就叫我「阿嬤」，連賓梅立克的母親 Molly，阿雅也叫她「阿嬤」，Molly 不懂那是什麼意思，糖亞就向她解釋。2014 年阿雅生日碰到 Molly，我聽到阿雅仍叫 Molly「阿嬤」，Molly 說她不在乎。

　　阿雅很喜愛她的哥哥阿雪兒，記得她才能站在她的小床上，手剛能握緊床邊欄杆，那時她還不會說話，看到阿雪兒要跟她玩耍，她就會興奮地上下擺動身體，表示她的高興。阿雪兒只大她兩歲，平常的娛樂是自己玩小車子等玩具，很少跟阿雅打交道，尤其阿雪兒感覺父母親鍾愛阿雅，三不五時會偷打她，別

看阿雅小小年紀，若父母在場，她會大聲哀叫，阿雪兒就會被處罰，要向阿雅道歉，然後被罰坐在角落的小椅子上不能亂動。我想這也不是辦法，建議糖亞讓阿雪兒向阿雅道歉時給她一個擁抱，有時阿雅會氣得不接受阿雪兒的擁抱而把他推開。有一次我和保姆帶他們到小公園玩，我看到阿雪兒輕輕地用肩膀撞向阿雅，阿雅就深蹲下去做欲哭狀，我向她搖搖手示意不要哭，她知道我的意思，馬上就改做玩沙的動作，真佩服她的洞察力。

2015 年 3 月，有一晚賓梅立克向我哭訴他是認命了，他要加倍努力寫作，我問他何故？他說他要負擔兩位淑女的高維費（High Maintenance Fees），阿雅剛才對他說，她的髮型也要像媽媽那樣。糖亞每週至少上美容院做頭髮一次，若碰到宴會，髮型更是千變萬化，阿雅一定非常崇拜她的媽媽，小小年紀就想和媽媽一樣，糖亞的朋友們也說阿雅是迷你糖亞，讓糖亞更寵愛阿雅。阿雅還沒滿 3 歲時，糖亞就訓練阿雅如何到廁所小便，有一晚我跟阿雅說她應該去 T. T.，她馬上糾正我應該說 P. P.。又有一天早晨，她指著芒果要我切給她吃，我對阿雅說，你要芒果嗎？她說我講錯芒果的發音。外子對阿雅糾正我的錯誤非常開心，他說終於有人能替他修理我。

本來第一胎糖亞就想生女兒，賓梅立克不敢向她表示，其實他希望第一胎是個男孩，後來阿雪兒出

生，賓梅立克才鬆了一口氣。賓梅立克有一個哥哥和一個弟弟，他不知道該如何照顧比男孩更加脆弱的女孩，但阿雅一出生就和賓梅立克有親密感，她出生沒幾天只會大聲哭號時，賓梅立克只要發出「SHH」的聲音要她安靜，她馬上就停止哭鬧，好像認得出賓梅立克的聲音。有一次糖亞以及大女兒全家及外子和我一起到餐廳吃飯，賓梅立克有事無法出席，那一次阿雅突然大哭，糖亞發出「SHH」的聲音也無路用，回家告知賓梅立克，他因此非常自豪於他在阿雅心中的威嚴形象。通常賓梅立克會於週末當起阿雅保姆，他在桌上寫作時，阿雅會乖乖地、靜靜地坐在她的嬰兒車裡，一點也不給他找麻煩，這麼貼心乖巧的阿雅讓他更寵愛她，因此他告訴糖亞，就算有 100 個阿雅他也不介意。

2015 年 6 月我照顧阿雅時，她白天已經不需要穿尿布，糖亞告訴我，晚上睡覺前再替她穿尿布，糖亞通常會要她躺在地氈上穿尿布。第一晚，她躺在地氈上，我卻猶豫不決，不知該不該蹲下去給她穿尿布，因為我若蹲下，要站起來一定有困難，阿雅馬上站起來，走到換尿布臺要我抱她上去，以後每晚她都記住阿嬤是用尿布臺。有一晚她思念媽媽，哭叫著要媽咪，阿雪兒輕輕地告訴她，媽咪再兩晚就回來，媽咪會帶很多禮物回來給她。我屈指一算，糖亞真的再過兩晚就回來，當時已要他們兩個小孩上床睡覺，我

不敢詢問阿雪兒怎麼能答得那麼正確。

　　阿雅看到阿雪兒上學後是垂涎三尺，終於 2014 年她 2 歲時，可以上最小班的托兒所，只是 3 小時半的學費是美金 18,000 元，難怪賓梅立克要比常人更努力工作不懈。阿雅到校後，需要坐在小椅子上先脫下平常的鞋子，再換上在教室內穿的鞋子，神奇的是，馬上就有小男生替她脫鞋，另一個小男生則替她穿鞋，樂得她每天一大早就要去上學。

　　學校在她生日前夕的 6 月 5 日舉行生日走路，邀請祖父母參加，讓她端一盤杯子蛋糕分給每個人，她走到外子的旁邊，外子把要給她的生日紅包，當天給她，結果她拿了紅包，馬上把那盤杯子蛋糕放在地上，拿著紅包就走到她的座位，打開紅包將錢放在紅包上就繼續吃她的杯子蛋糕，見狀我捧腹大笑，若不相信可到 Youtube 輸入「2015 Little

艾莎公主與漢斯王子也出席阿雅的生日派對。

Arya's Third Birthday」，包你聽到我的笑聲。

　　而此次阿雅的生日派對是以冰雪奇緣（Frozen Princess）為主題，糖亞特別邀請她的時裝模特兒夥伴當艾莎（Elsa），以及跟賓梅立克同年的帥哥當漢斯（Hans），讓他們打扮成故事裡的主角，所有參加派對的父母親及阿雅的同學們都很高興，我也用相機拍了不少照片。

　　7月到阿拉斯加州旅遊，8月17日正式將阿雅的生日影片剪接後發表於 Youtube，雖然不是佳作，但憨阿嬤有機會就每天看它數次過過癮，阿嬤看阿孫那是百看不厭。9月在糖亞臉書看到一張阿雅第一天上幼稚園小班的照片，乍看之下好像看到小時候的我，要外子趕快也看一下，卻被嘲笑說我有自我認定危機（identity crisis），才會認為「阿雅是我，我是阿雅」。

阿雅第一天上幼稚園小班的照片，那臉和神情和筆者小時候一模一樣。

我告訴他，我可找家兄證明，於是我馬上把照片伊媚兒給嫂嫂，並交代讓她先生回答照片裡的人是誰。結果家兄說是我的妹妹吳富美，嫂嫂要他再看仔細一點，他也很驚訝，照片裡的阿雅不僅是臉，就連神情也跟我小時候一模一樣。

　　通常外子和我每年都要到波士頓和大家共慶感恩節及聖誕節，當然照顧阿雪兒及阿雅是常事，2016年感恩節期間，我被徵召看顧他們，賓梅立克叫阿雅去洗澡。我看到阿雅站在大鏡子前凝視自己，然後轉身看她的背後，糖亞剛好路過，她就問糖亞：「媽媽，我漂亮嗎？」糖亞說，她很漂亮，她就興高采烈地在鏡子前轉圈，然後蹦蹦跳跳地走往浴室。

07 | 不可思議的口紅

　　2015 年 8 月 12 日在《太平洋時報》第 8 版看到「穿金色衣服的女人」《阿黛爾一號》，於 2006 年 6 月以史無前例的 1 億 3 千 5 百萬，外加付給蘇富比拍賣行的佣金 1 千 5 百多萬的美金高價賣出，當時尚無其他藝術品賣到那麼高的金額。買家是化妝品王國雅詩蘭黛集團創辦人 Estee Lauder 的兒子 Ronald Lauder。

　　由於好奇，我到維基百科找出該名畫。我特別注意到該畫的女主人阿黛爾高束黑髮、厚黑的長眉毛、高鼻、淡粉紅色的面頰及深紅色的口紅配上她的櫻桃小嘴，襯托出她的高雅形象，怪不得這幅畫會成為奧地利的國寶，畫中的模特兒阿黛爾也被稱為奧地利的蒙娜麗莎。

　　化妝時，我一向比較注意畫眉毛及面頰，至於塗口紅，我一生好像沒用完過一支，有時用到一半口紅就自己斷掉。我不曾嘗試塗深紅色的口紅，想到 9 月 15 日，我將飛往臺灣參加臺大 65 年度經濟系畢業 50 週年的同窗會及其後的臺灣中南部團體旅遊，臨行前我趕快到百貨商店購買較紅的口紅及防晒的面霜。

　　我在臺大時上張果為教授的統計課，除了上課之外，助教還開了實習課，試著教我們畫統計圖表，我們女生常在一起做功課。有一天談到年齡，許麗玉最大，她好開心地說那她是大姐，賴洋珠（中央銀行「13A」級總裁彭淮南的夫人）是二姐，林美智第三，吳雅緻第四，我排行第五，呂一美是小妹，之後徐紀涓加入，我們稱她「大大姐」。大姐、二姐及小妹後來都留在臺灣；大大姐是兩邊跑，有時在美國，有時在臺灣；其餘4人之後則是住在美國。

　　我曾為了這次的聚會，從美國打電話給大姐、二姐及小妹，小妹說她有身體檢查，不知能否參加9月21日的聚會，此聚會是繼2015年3月14日，所有臺大50週年的畢業生返校後經濟系自己主辦的，由周素慧班長當召集人、楊誠作東，地點在第一大飯店2樓的壹品軒。這是我畢業多年後再次和同學相聚，我決定穿藍色上衣及藍色花裙，配上藍色的髮飾，塗上深紅色的口紅赴會。

　　當日我走到門口就巧遇小妹，故人重逢，格外高興，我們一起上樓，大姐及二姐馬上到餐廳門口熱烈地擁抱我，我們4位特別一起照相。緊接著，大姐將我從頭到腳巡視一番後對二姐說：「我看，吳富美是穿裙子掩飾她的肚皮。」二姐也評論：「你不是在減重？好像一點也沒瘦下來！」我趕快解釋自2008年和她們見面後，我減了5磅。「不行，你要多走路，

至少要再減 10 磅。」二姐仍堅持我要繼續努力。

　　次日我參加臺灣中南部 4 天 3 夜的團體旅遊，同行有 14 人，乘坐可容 40 位乘客的遊覽車，一人有兩個座位，非常寬闊，第一天遊臺中新社古堡莊園，巧遇未曾謀面的三姑的第 4 個兒子，也就是我的表弟，據家兄說三姑有 5 男 2 女，我只認識她的 2 個女孩子和 2 個男孩子，其餘較年輕的我不認識。我們互相交換名片，表弟非常高興，他要我下次回臺一定要跟他聯絡。當晚下榻位於臺中大肚山上的清新溫泉飯店，享受過溫泉浴後，我的關節炎好像不翼而飛，晚餐有吃不完的百匯，大家在一起交談，很快熟悉起來。

　　第二天上車，周班長向我借髮飾，我趕快為她拍幾張照片留念。我們早晨參觀久仰的奇美博物館，下午傾聽十鼓文化村的十鼓獨創之臺灣特色鼓樂，由於時間不足，我們將參觀北門水晶教堂的行程延到次晨，這些景點是我小時候住臺南時還沒有的。行程之一的高雄佛陀紀念館歷經 9 年才落成，信佛者可到此地一遊。我於午

配戴藍色髮飾的周素慧班長在筆者的相機裡留下美麗的倩影。

餐後塗抹一下口紅，廖茂雄馬上驚叫：「吳富美，你又上妝了！水喔！」讓我覺得有點不好意思，不得不歸功於口紅。

晚餐時，周班長特別邀請住在屏東的郭富源到場敘舊，當我自我介紹時，他說：「吳富美啊！我還記得你和林霖跳舞，你好瘦又好活潑，怎麼現在這麼胖！」我捧腹大笑，林霖是我們的貨幣學教授，他一直單身，想起當年的畢業舞會，他無緣無故出現在我的面前請我跳舞，我告訴他，我不曾跳舞也不會跳舞，但同學在旁邊加油添醋：「教授請你跳舞，你也該給他面子。」那一晚，所有同學一定都目睹我一直在踩他的腳。

飯後，我們轉移到大成街口的福容大飯店，它緊鄰愛河，我和室友黃秀麗散步到河邊，夜晚燈光斑斕，街上迷人的樂曲，河面點燈的龍船慢慢行駛，折射出片片波光，讓我享受到美麗的一夜。

25 日我們到打狗英國領事館文化園區及旗津半島，午餐是海鮮大餐，本來楊志明吃完午餐要去喝愛玉冰，結果黃秀麗搶先請每人一杯，我們就在原餐廳享受，不必再走到攤子。周班長非常體貼，怕我們餓死，在楊梅時請我們吃客家飯，次日還請大家喝啤酒，期待能青春永駐，可惜我未能赴會，無法藉啤酒讓自己年輕一點兒。

26 日和外子搭高鐵南下到嘉義，參加由前國策

筆者夫婦和前國策顧問黃崑虎（中）合影。

顧問黃崑虎舉辦的中秋夜音樂會。泰青的太太先帶我去美容院做頭髮，因這是我生平第一次會見要人，爲了不丟外子的臉，我收拾起衣冠不整的習性，裝飾一下自己。黃昏時，泰青夫婦、外子和我到黃家古厝後就到後院和黃崑虎兄會面，他一看到外子，馬上高呼：「Ese（外子的日本名字），Li chhoa（你娶）一 e 水某！（臺語）」我感激地握著他的手和他合照。

　　記得 1967 年和外子初識，有一天他特別向我提起他幼稚園時的 sweetheart，講到她的美麗程度，他

馬上給她「甲上」，也自認自己至少有「甲下」，還非常不屑地對我說，勉勉強強給我「乙下」。我心想，這傢伙實在太自負，但要維持淑女風度，就自認倒楣，一點也不吭聲，但一直銘記在心。

有一天，外子的弟弟阿仁從紐約市寄給他一張中年婦女的照片，他不知道該婦女是誰。拿給我看，埋怨阿仁怎麼寄這張不漂亮的中年婦女照給他，我安慰他，那照片的女主人翁說不定以前年輕貌美，只不過現在有些走樣，他馬上去電興師問罪。阿仁告訴他，這婦女就是他從前的 sweetheart，他差一點暈倒，因為他的夢中情人已消逝無蹤。

這個事實讓外子沉默良久，當然，阿仁沒有傷害他的意思。通常外子的 sweetheart 會參加在朴仔腳舉行的同窗會，2017 年 2 月 20 日，我跟外子參加此次在朴仔腳舉行的同窗會，我迫不及待想見她的廬山真面目，住在朴仔腳的男士卻告知，她很少見朋友們，因為她減肥後臉部有皺紋，影響到面部的容貌，所以都在家不出門，可能有自閉症或憂鬱症。

10 月回美後，我將所有照片存進電腦內，看到我替周班長照的照片，覺得她非常迷人，趕快伊媚兒給班上網站總管賴進興，並註解：「感謝迷人的周班長，使我們有機會同樂樂，讓我重溫大學那段美好的回憶！」賴進興也下評語：「再加上那酒渦，你能相信這是一位已逾不逾矩之齡的女士嗎？」

08 | 欲愛薪水 Khah 好？
恁爸媽好野，定有幫助

2016 年 4 月 14 日，在臉書看到標題「Want a higher salary? It helps if you're a man with rich parents」的文章，第一行寫著：「倫敦政經學院（The London School of Economics, LSE）的畢業生差不多每年賺 10,000 英磅（相當於 $142,500）。」蔡英文於 1984 年拿到這個學院的博士學位，除了法學，她還副修國際貿易。原先她只想當學者，在一個偶然的機會下，她當上經濟部國貿局的臨時顧問（1988 年），卻一做就是 15 年，也因此她對國際會議的談判是非常有經驗的，那時她也料不到她會當上總統。其實她能穩居民進黨黨主席的寶座，她家的好野可說是功不可沒。2016 年 5 月 4 日，呂秀蓮前副總統在自己的新書發表會上說：「我花 1,933 天坐黑牢，蔡總統輕鬆就進總統府。」命定了吃苦頭，只好吃苦頭，命也，何必嗟怨！我家唯一的兒子奧利佛於就讀喬治城大學（Georgetown University，創建於 1789 年，是美國最古老的大學之一）大三時，也曾到此校念書一年。

文章的第二行寫著：「研究的結果認為好野人的子女繼承到的東西比錢更多。（Study suggests that

children inherit much more than money.）」以離開大學第一年（2012-2013 年）的 260,000 名英國畢業生為研究對象，調查結果，想賺更多的錢，若恁爸媽好野又去讀倫敦政經學院，對你很有幫助。畢業 10 年後，好野人的男孩子比散赤人的男孩子年薪多賺 8,000 英磅（相當 $11,400）；好野人的女孩子比散赤人的女孩子年薪多賺 5,300 英磅。甚至於大學畢業的每個行業，好野人的子女比普通家庭的子女多賺 10%，因為好野人的爸媽不僅給孩子錢財，還教他們一些吃軟骨飯的伎倆，譬如個人的表達能力（personal presentation）以及面試的技巧（interview technique）。不僅由於恁爸媽，讓恁的薪水有差異，甚至有百分之十畢業於牛津大學（University of Oxford）和劍橋大學（University of Cambridge）的畢業生，在離開學校十年後，每年的薪水比一般畢業生多 100,000 英磅也不算稀奇。但 LSE 的畢業生所賺的薪水近年來最高，高過那牛津和劍橋兩間名學校的畢業生。有百分之十的 LSE 女畢業生的年薪超過 100,000 英磅。

在英國的一般所得是醫學院畢業生年賺 50,000 英磅，其次是經濟學家 40,000 英磅，最差勁的是具創意的藝術家，賺錢比不上未上大學的人。大部分接受較高教育的人薪水會較高，但應認知未來有利於賺錢與否並非選擇科系的條件，就我個人的經驗來說，從事自己喜歡的職業還是最重要的。二女婿賓梅立克

從小就喜歡寫作，他的父親當過馬立蘭州（Maryland）州立大學醫學院院長，對於他要當作家非常反對，認爲他該當律師或學者。還好他的母親很支持他，當他哈佛大學畢業，一度以當餐廳侍者（waiter）維持生活時，他的母親即不管他的父親反對，給予他經濟上的支持，讓他有時間寫作，終於成爲《紐約時報》榜上暢銷書的作者。賓梅立克曾告訴我，天下哪有這麼好的事，可以讓人做喜歡的工作又賺錢，在這方面他自認爲已算是個很幸運的人了。

再說到我家的兒子奧利佛，做夢也沒想到他會變成一個假醫生（Medical Doctor, M. D.）。2014年 10 月 27 日，他被和華爾街有關的 Cowen Group, Inc. 僱用，頭銜是董事

筆者與奧利佛，2013年3月1日攝於紐約市。

總經理（Managing Director, MD），那時他才 36 歲，就僥倖擠入美國最富的 1% 族群，讓外子喜洋洋，常向我說奧利佛的薪水超過一家有 3 個兒女當醫生的總所得，因爲現在醫生的薪水普遍下降。連當放射科醫生的大女婿也不服氣，常向大女兒埋怨奧利佛怎麼可以賺那麼多錢！

　　奧利佛這孩子不是讀書的材料，但他在電腦方面頗有天分，小學三年級就能讀電腦的手冊、操縱電腦。讀六年級時，連女導師有電腦方面的問題也要請教他。有一次的親師座談會，該老師誇獎奧利佛在電腦方面的傑出，但他寫字和讀書都很草率，只能給他乙等。他一點也不像他的兩位姐姐那樣成績名列前茅。聽完老師的評估，回家後，我非常氣餒，心想，這孩子若留在這鄉下念完八年級，九年級再申請住校的私立學校一定不會被錄取，他的前途恐無亮。除搖頭外，也想不到解決的方式。

　　那年暑假，二女兒由私立高中回家渡假，這期間她問我，有無意願讓奧利佛提早到私立中學就讀？因為她為學校當親善大使時，曾招待一間專門收男生的私立中學，該校學生非常有禮貌，還寫感謝信給她。聽完後我心想，對了！這就是奧利佛該去的地方！但外子認為家裡財力不夠，我說由我個人支付後他才勉強同意。當然我也嘸甘讓奧利佛這麼小就離鄉背井，親戚朋友也非常反對，但這個決定卻讓他學會很多技能。因為該校是通才教育，我鼓勵他學習印刷、照相、設計圖表，學校也開了投資學，這些課程讓他念大學時選擇了商學系。在嚴格的英文教授指導下，他的每篇文章是寫了再改改了再寫，一點也不馬虎！因英文教授很欣賞他，要他改念英文系，他打電話詢問我的意見，我告訴他，若他想當高中英文老師可以轉

系，最後他以商學系主修與英文系副修的雙修畢業，所以他擅長寫英文履歷，他大學剛畢業第一個工作的薪水就和一般碩士畢業生相等。

2017年5月28日於CNBC電視臺，奧利佛with broadcast ladies。

　　他在 LSE 求學時，大二暑假期間他所購買的股票已使他成為小富翁，回美前，他已有財力向手工裁縫師特訂 3 套西裝。當時我笑他，若能猜準二家公司的股票就能在證券市場立足。想不到他現在真的成為 Macy、Tiffany、Wal-Mart、Costco、Target、Gaps、JC Penney、Coach、Lululemon、Urban Outfitter、Michael Kors、Sothebys 等 33 家大公司的分析師，替這些公司預測股價並提出讓股價增值的改善建議。因此股票市場一有動靜，電視臺就會訪問他，有時他一天要跑 3 家電視臺，他已是 CNBC、Fox、Bloomberg 等電視臺的常客，《紐約時報》、《華爾街時報》、《英國經濟時報》，甚至加拿大的《經濟報》及電視臺都爭先登出他的分析或結論。

　　因爲從小就受到二女兒愛水的耳濡目染,他也非常愛水,常常在鏡子前看他的臉有沒有什麼不對,我勸告他:「第一印象當然很重要,但你又不是要當男明星,甚至男明星除了英俊瀟灑以外,若演技不好也很快會被淘汰,我想充實內在的智慧要緊。」有一天,奧利佛和我說他已不再那麼重視外表,我暗喜,認爲這孩子有救!他也酷愛奢侈品,當他在沃爾頓商學院(The Wharton School)念書時首創奢侈俱樂部,畢業時,學校還特別刻獎牌給他。他在花旗銀行股票研究部當副總裁時,建議創設專門研究奢侈品零售商公司股票的部門,讓他在 2013 年被稱爲這行裡新升的明星(A rising star of Wall Street Research)。沃爾頓商學院三不五時也請他回校演講,他也當該校畢業典禮籌備會的董事。對他來說,在證券研究部門掌管百貨公司、奢侈品公司等等公司的股票行情那是如魚得水。

09 | 自我感覺良好

　　2015 年 11 月 11 日晚上大約 8 點 30 分，電話響起時我正在寫〈關節炎及睡眠〉，以為又是電話訪問而一度不想接聽，還好有拿起電話筒，原來是婦女會會長歐春美，趕快向她問好，她很客氣地說有一件事想拜託我，我說沒有問題，若我真能幫上忙的話。她說希望我明年出來當婦女會南區理事，我心想，這責任重大，我連會長都不曾當過，怎能越級當理事？趕快告訴她，我曾對外子提過，等我們退休後，我可參與一些婦女會的工作，但他認為我沒有這個能力。歐會長很認真地說，我不去做，怎麼會知道能力是高還是低，是有還是無呢？她的話很有道理，而且她要提名我也是我的榮幸，我就這樣答應下來，另一方面也是我還懷著凡事要去經歷了才知道的心，雖然有些不知天高地厚也決定勇往直前了。

　　2016 年 4 月參加婦女會 28 屆年會，我果然以352 票（共 360 人投票）當選南區理事，外子斬釘截鐵表示他知道誰沒選我。張雅美會長（2016 年 4 月卸任）所提的婦女會主題是「關懷弱勢、將心比心，愛要即時行動」，是最適合幾乎閒閒無代誌的我去做的事。我

是從將心比心開始，因為我患有嚴重的關節炎，《太平洋時報》於 2011 年 3 月 30 日刊登我的〈自我減痛記〉後，讀者反應良好，奠定我未來努力的目標，我將教導腰痠背痛的同病相憐者利用赤鐵礦石按摩穴位，以達到自我疼痛的減輕為己任。

6 月底接到婦女會今年的會長王淑芬來電耳提面命，告知婦女會和同鄉會息息相關，所以要我鼓勵婦女會的姐妹們參

婦女會（NATWA）成員和呂秀蓮前副總統，於臺灣同鄉會的美南夏令會（2016.7.1-2016.7.3）上合影。

加在達拉斯召開的臺灣同鄉會美南夏令會，當然呂秀蓮前副總統是主講者吸引了不少婦女會會員，她和張富美博士、楊黃美幸女士於 1988 年創婦女會，可算是北美洲臺灣婦女會創會的功臣之一。

7 月 2 日我們跟她共進午餐，她希望婦女會 30 週年年會能在臺灣舉行。7 月 1 日去機場歡迎呂秀蓮前副總統，是我當婦女會南區理事的第一個任務，接機後由駐休士頓臺北經濟文化辦事處處長黃敏境設宴招待，我也當陪客。對於呂秀蓮前副總統我之前並不認識，只有聽過她幾次演講，接到任務後，6 月 29

日我趕快到 Google 搜索，我的結論是這位前副總統「自我感覺良好」，這是積極、正面的人生觀。當外子感到生活很無聊，我會鼓勵他要向呂秀蓮前副總統學習。

當她下機後向我們走近時，比起二年前在紐奧良時的她，看起來是愈來愈美，我不禁向她喊道：「您愈來愈漂亮！」大家都覺得她非常高興，我當即送她二套赤鐵礦石及《銅屋雜集》。吃飯時，她談到她在墨西哥時全身疼痛，痛得要刮痧、針灸。駐休士頓僑教中心莊雅淑主任擔心她會再痛，我就自告奮勇地說若需要按摩我可派上用場，同時給莊主任我的房間號碼，以防萬一。隔天早上碰到呂秀蓮前副總統，她跟我說她用赤鐵礦石當按摩工具的感想，讓我非常開心。當天中午她和婦女會一些姐妹們吃飯時，我分發赤鐵礦石給大家然後做示範動作，呂秀蓮前副總統輕聲附和說按摩疼痛的地方即可。這麼快就抓住重點，讓我萬分敬佩！

為了關懷姐妹們，我除了送《銅屋雜集》也送羽毛面具，當然我受外子之託，另送呂秀蓮前副總統他譯的《被出賣的臺灣》及他的新作《我所知的四二四事件內情》，呂秀蓮前副總統說已讀過《被出賣的臺灣》，並問我陳榮成教授怎麼沒一起來？我說他下午有演講要準備，她馬上再問我是否要參加今夏在綠島舉行的活動？我說完全看外子的決定，我是拿香隨

拜的人。當我要贈送面具時，首先給呂秀蓮前副總統一副孔雀羽毛面具，並向她解釋，除了戴在臉上，掛在牆上也很漂亮，她的頭腦轉得很快，立刻想到明年的228 可用嘉年華

林麗麗（左）與筆者於臺灣同鄉會的美南夏令會（2016.7.1-2016.7.3）上合影，筆者也送了呂秀蓮前副總統一副林麗麗所戴的面具。

的形式，回臺時她帶回 3 副不同的羽毛面具。因我手邊剛好有「美國柯喬治紀念基金會」於 2016 年 1 月 9 日，在臺北舉辦的「戒嚴時期政治受難者慰問會」DVD，就順便送她一張，她當即提議或可與「美國柯喬治紀念基金會」合作辦 228 明年 70 週年的活動，因為她要助理給我她的名片，還特別囑咐我要和「美國柯喬治紀念基金會」駐臺常務財政長吳滄洲打招呼，讓他知道呂秀蓮辦公室會跟他聯絡。我將此消息向外子報告，外子認為我們該藉此良機，請王獻極再策劃能和 2002 年的「511 臺灣正名運動」相提並論的活動。

　　本來我就想過，若能搜集所有 228 事件及白色恐怖的受難者名單，將他們編號後再依姓名、出生日

期、出生地、生長地、坐牢期間及槍斃日期與感言，刻印在一塊塊臺灣地圖的磁鐵上，然後 50 個名字或 100 個名字，貼於用 228 事件的照片、四季水果的圖片或臺灣的風景當背景的大型看板上做成大旗子，一定有很多旗子可摻雜在遊行隊伍中，以紀念這些受難者的犧牲，讓子子孫孫永遠懷念他們。這要請電腦專家處理（我構想用「事件」加「生長地」加「姓氏」加「數目」的方式，如 2 嘉義黃 0001，代表 228 事件的嘉義朴子黃師廉，但可能有更好的方法），不僅要將受難者資料刻印在臺灣地圖上，受難者可親自撰寫自己的故事，比較有親切感，也可由其他人代寫，或也可由受難者選擇字體後由我們另找的書法家代寫，讓他們的芝麻小事、點點滴滴永存，直到世界末日。

　　同學賴進興用伊媚兒轉發好萊塢大導演兼大製片家史蒂芬・史匹柏（Steven Spielberg），今年在哈佛大學畢業典禮上演講的影片，讓我欣聆再三。他是猶太人的後裔，也是《辛德勒名單》的導演，他本不相信納粹大屠殺（Holocaust）的暴行，後來 1994 年他設立納粹屠殺研究基金會（USC Shoah Foundation），並到世界 63 國，訪問 53,000 位第二次世界大戰後猶太人倖存者，他也搜集南京大屠殺的資料。他提到有 697 位哈佛的學生及教授於第二次世界大戰中犧牲，在哈佛紀念教堂的南方牆壁有紀念他們的大理石石碑。使我認為將 228 事件及白色恐怖受難者的名字刻在臺

灣地圖上，也是我們臺灣人必須做的事，甚至太陽花學運及其他受害者如洪仲丘等人也應列入！記錄這些為自由而戰的勇士，不讓他們白白犧牲，並向他們對抗邪惡的勇氣學習，做下一代的支柱，創造及維持美麗的臺灣寶島！

當然我不曾辦過此事，也不知要花多少錢，只好求救於「美國柯喬治紀念基金會」董事長陳榮良醫師，他很慷慨地答應捐贈 $10,000，在此致謝。現暫定每年捐款美金 1,000 當本基金會的董事，每年捐款美金 500 當本基金會的理事，明年在臺北辦遊行，2018 年可輪到別處遊行。由於這遊行活動是呂秀蓮前副總統的構想，我已伊媚兒吳滄洲請他和呂秀蓮辦公室聯絡，後續如何，有待努力！有建議者，請伊媚兒 fumei@cp-tel.net，歡迎大家作伙參與。

10 | 1大於14
——「憶朴子小鎮」讀後感

陳榮成

　　我是 1937 年於朴仔腳出生的正港 e 朴仔腳人，對於阿和的文章心有戚戚焉，也在這裡補充一下我知道的一些事，「林仔朴客運」位於山通路 59 號，它的創辦人是黃媽典，228 事件時他被國民黨占領軍抓到新營（當時臺南縣政府所在地），刑求後沒經過司法審判，就於同年 4 月 24 日在新營圓環公開槍決，這是國民黨殺雞儆猴的殘忍行為，後來客運由他的助手林仔朴接管。

　　朴仔腳山通路向東走是往嘉義市，蕭萬長前副總統即出生在嘉義北社尾，向西走往東石、布袋，蔡同榮出生於布袋鎮的新塭，我們都叫他「草地仔」。至於榮昌座，我小時候稱它為「舊戲園」，它是富商涂榮自建自管的三層西洋式樓房，於 1933 年建造，號稱東南亞最大的戲院，是朴仔腳地區 50 年來最重要的娛樂中心。近年，它只選擇在過年時節放映電影，是全臺灣僅見且珍貴的老戲院之一。小時候我很喜歡「看戲尾」，通常電影結束前 5 分鐘，戲院幾處安全門會打開，這時當然不會有人出來，我們小孩子就會衝進去，搶看最後最精華的幾分鐘，既滿足又過

癮,那是人情溫暖的舊年代才有的舉措。2015 年 9 月回臺時重訪朴仔腳家鄉,也在這間戲院前徘徊,它是我至今仍懷念不已的地方。

該戲院的對面是朴子日新醫院,它是現任嘉義市長涂醒哲的祖父涂爐醫師於 1936 年親自設計,結合西式、日式及臺灣傳統的三合院格局,占地 350 坪,是臺灣早期留日醫師回鄉,建立西式醫師館的代表建築,具有歷史及文化價值,也具有極高的建築價值,被列為「暫定古蹟」。涂爐是朴仔腳的望族子弟,當醫生時對病人非常仁慈而致門庭若市,對於貧困人家不收取任何醫療費用,如此美好的醫德,讓他常收到貧困病人以自己種養的荼豆、雞鴨做為回饋,他的品德與醫療貢獻備受嘉義鄉親肯定與敬愛。他後來被他兒子的白色恐怖案件連累,因特務常在醫院門口站崗,弄得沒人敢去看病,只好把醫院關掉,轉而到東石中學教衛生學,亦深受學生愛戴。他的兒子涂炳榔就讀省立師範學院(國立臺灣師範大學前身)美術系,被捕時是四年級。

1951 年年底,臺大學生陳元智辦理自新,在自白書裡提到兩年前的 1949 年暑假,曾參與臺大經濟系學生張璧坤主持之讀書會閱讀「唯物論辯證法」,結果 4 個臺大學生歐振隆、吳崇慈、吳逸民、洪育樵,一個師大學生涂炳榔,與 2 個社會青年吳哲雄、洪金盛一共 7 個人先後被捕。歐振隆遭到槍斃,涂

炳榔於 1952 年元宵節遭逮捕後，遭判處有期徒刑 10
年，被關在新店安坑軍人監獄，直到 1962 年 2 月 9
日開釋。出獄後，經媒人介紹和林齒科林江漢的大女
兒結婚，婚後受大榮鐵工廠廠主李天生憐憫找到在大
榮鐵工廠的工作。聽說他當時每天上下班都有一個特
務隨從，整整跟隨 10 年才解除，這是勞民傷財的惡
劣行動。

　　2014 年 2 月 21 日，他於嘉義縣梅嶺美術館舉辦
的「昇華‧從政治受難者到佛畫世界」特展，展出一
系列的白色恐怖檔案照片與監獄史料，以及出獄後他
投入佛像藝術創作的作品等。出生於日治時期 1929
年的涂炳榔，先後經歷 228 事件、46 事件與白色恐
怖，歷經的故事正是臺灣人過去 60 年來最沉痛的 3
場惡夢。如今事過境遷，他於 1985 年重拾畫筆成立
「文山畫室」，寄情於佛像藝術的創作。現居高雄，
過著幸福、安詳的晚年生活。

11 | 阿雪兒

　　2016 年 11 月感恩節的前二天（11 月 22 日），二女兒糖亞的二個孩子就讀的私立小學舉辦祖父母親節，當我們走進阿雪兒的教室時，老師給了我一張粉紅色紙條，要我寫下我最驕傲的事，我毫不猶豫地寫了：「Asher to be my grandson.」我們除了到教室看他上

2016年11月22日，波士頓某私立小學舉辦祖父母親節，左起陳榮成、糖亞、阿雪兒與筆者。

課，還在禮堂看表演，阿雪兒飾演小白兔，我看他很認真地演戲，就跟糖亞說，看來她每週帶阿雪兒去上演戲課真的有派上用場。

阿雪兒出生時（2010 年 3 月 10 日），剛好糖亞熱衷攝影，他就因此變成糖亞的專屬模特兒，當糖亞的朋友告訴她，有間公司需要模特兒時，她立刻送上一張阿雪兒的照片，阿雪兒於是於該年 7 月 19 日當起模特兒，工資為每小時 $70。由於他的父親賓梅立克認識多位好萊塢大導演，我曾提議要讓阿雪兒當童星，但賓梅立克堅決反對，因為童星的結局多半不好。我告訴他，就算置身於複雜的演藝圈，只要父母親好好教養孩子，也不見得當童星就不好，就有個女童星後來是 UCLA 的數學教授，但他仍無動於衷。

阿雪兒 3 歲時拜師學吉他，結果 2014 年又當了彈吉他的模特兒，此時他的工資提高為每小時 $120，讓我 13 歲的大孫女也興起當模特兒的念頭。2016 年 5 月的某天，糖亞和我提到，有一次賓梅立克在好萊塢跟人聚會時拿出家庭照獻寶，一位正在物色模特兒的某公司女經理，馬上要他讓阿雪兒參與她公司的模特兒試鏡，9 月試鏡後立刻被錄取，成為一家玩具公司的全國性廣告模特兒，雖然阿雪兒有一些演戲的經驗，但誰也沒料想到能立刻被錄取。糖亞透露，當她聽到可能有人要提拔阿雪兒時，她馬上就讓阿雪兒到哈佛大學開辦的演戲營上課，實在用心良

苦，阿雪兒能當上模特兒並非得來全不費工夫。

　　糖亞也不知道該廣告何時會在電視上播出，我建議她可先訓練阿雪兒的忍耐力，因為當演員不簡單，有時一個鏡頭不知道要演幾次才行，我提議讓阿雪兒從寫他自己的名字開始，第一天 10 次、第二天 20 次，慢慢增加次數，糖亞非常認同，現在阿雪兒把自己的名字寫得很漂亮，連賓梅立克也不相信那是阿雪兒的筆跡。2016 年 11 月 30 日，阿雪兒看到自己出現於電視節目的廣告裡，他的父母親馬上把該廣告錄下來並上傳至臉書，當然做阿嬤的我也迎頭趕上，將影片轉載於我的臉書，沾沾光！2017 年阿雪兒又被錄取當樂高（Lego）The Magic Flower（阿雪兒是這積木玩具的熱愛者）在 Youtube 及電視的廣告模特兒，以及 Hasbro 的 Toilet Trouble Game 的模特兒。2017 年 4 月我到波士頓，糖亞告訴我，她帶阿雪兒去試鏡常常馬上被錄

筆者與阿雪兒，阿雪兒拿著由他擔任男模特兒的「Toilet Trouble Game」的盒子。

取，這孩子在這方面是得天獨厚。4月7日在飯店用晚餐時，我向阿雪兒提起我有看到他的廣告，他很高興地告訴我，他也有在「My Little Pony」的廣告裡出現。他的父親賓梅立克在臉書提及，阿雪兒未來申請大學時，可將他當「Toilet Trouble Game」模特兒玩遊戲時的照片一起送上。

　　以前我不太在意我的祖父母及親戚是何許人物，自從我呱呱墜地就被外祖母及母親呵護得無微不至，甚至於家兄也吃醋為何外祖母及母親如此疼我，我不知道原因，也沒理由追問，因為我過得非常幸福。上國民學校後，因母親在臺南市成功國民學校當老師，我常常在該校老師們的辦公室內竄來竄去，有一次一位單身又很帥的老師把我抱上辦公桌，拿他的香菸給我抽，我不會吞雲吐霧，被香菸弄得一直咳嗽，所以對香菸印象惡劣，一聞到香菸味就不習慣。每個老師都對我格外照顧，記得三年級的導師在我的作文簿上還特別評語，他喜歡我所以給我打甲下，我當時心想，每個老師都喜歡我，這有什麼稀罕？他還鼓勵我們記全冊國文，若能朗誦全書，獎賞一打鉛筆，當時當班長的男同學真的能朗誦全書，但我有一句怎麼也記不得（讀者不知有此經驗否？），所以不想嘗試，但他堅持要我試試看，而我就真的卡在那句，後來他允許我跳過那句後繼續朗誦，最後他給我半打鉛筆，讓我喜出望外。

　　我像沒根的浮萍，隨著臺大經濟系 1965 年畢業生的留美熱潮飄洋過海，在舉目無親的美國得到碩士學位、找到頭路也找到歸宿。本想過著清靜無為的鄉下生活，不知何時被介紹參加北美洲臺灣婦女會、閱讀《臺灣公論報》的「點心擔」專欄及期刊，看到不少名女人的背景，頓悟家世似乎滿重要，我不得不馬馬虎虎地尋根，因為我對祖先的來龍去脈一知半解。

　　2000 年打電話給六姑，鼓勵她投票給阿扁，同時也要她替阿扁助選，談話中我順便問起祖父的學歷，她告訴我，她的朋友也不知道她父親的學歷，結果他們一起到臺大醫學院調查，發現第一屆 1902 年畢業生只有 3 名，她的朋友的父親和我的祖父吳森玉是「臺灣總督府醫學校」的第二屆畢業生，該屆有 8 位畢業生（據朱真一部落格記載，我的祖父是 1904 年第三屆畢業生，該屆有 10 人畢業，從小習漢醫。有些記載說明日治時代在臺南有一位替窮人看病不用錢的醫生，他是賴和的學長吳森玉，賴和被稱為新文學之父）。聽九叔說湯德章紀念公園的土地也是祖父捐贈的，我上臺南女中時，每天都要走過那公園，當時我們稱它為「石像圓環」或「民生綠園」，1998 年才被命名為湯德章紀念公園。

　　至於家母常提欣仔叔公到上海做生意賺很多錢，我一直認為他是生意人，後來才從《老牌臺獨：黃紀男泣血夢迴錄》知悉叔公黃欣是臺灣總督府評議會員，1923 年日本天皇來臺時，他曾被單獨召見與天

皇共餐。大舅黃介騫是就讀臺南一中的少數臺灣人，在賴永祥史料庫也有他的資料。已故臺灣獨立建國聯盟黃昭堂主席的《臺灣總督府》，甚至在肯薩斯州就學時代的朋友林茗顯都比我清楚我的家譜。

2016 年 10 月 15 日，臺大經濟系特別舉辦施建生教授百歲誕辰晚會，班上的蕭政同學是中央研究院的院士，特別送給施教授一籃花。想起大一時修施教授的經濟課，他鼓勵我們不但要認真聽課，課後還要勤讀 Paul Samuelson 的經濟學，因為他的考題很難，沒人能考過 90 分。被他這麼一說，而且是我上臺大第一次考試，我想我是真的很用功，竟出乎意料地考了 95 分，可惜那用功是 5 分鐘的熱度，往後 4 年的大學生活，我是在遊山玩水的樂趣中渡過。碰到同學的留美熱潮申請獎學金時，我也勉強拿到一張自費的 I-20（入學許可證）趕到美國。若時間能倒流的話，可能有許多種可能。我的下一代，兒子奧利佛及二女婿賓梅立克是電視臺的常客，現在連阿孫阿雪兒也初出茅廬，希望有朝一日能展現才華。默默無聞的我，做了上述的統計後，深覺自己是嘸知影上下被有名人包圍的族群！

12 | 聖誕節後樂融融

2016 年 10 月 20 日到 10 月 24 日，我參加北美洲臺灣婦女會在 Newark 舉行的年中理事會暨人才訓練營，承蒙林榮峰姐妹的愛顧，從她的博士丈夫李清澤「如何變更年輕」的演講中抽出 30 分鐘，讓我講解如何用赤鐵礦石按摩，我一點也沒準備就貿然答應，出人意料的是，

2016年10月21日，筆者在北美洲臺灣婦女會於NJ的Newark舉行的年中理事會暨人才訓練營中演講。

姐妹們也很樂於傾聽我的赤鐵礦石按摩法。在和林榮峰姐妹的談話中，知悉她的大公子 Dr. Bernard Lee 是哈佛整形外科主任，住在波士頓，所以她也常到波士頓，為了答謝她給我機會，我想於 12 月 18 日請客。她伊媚兒給我，她要 22 日才會到波士頓，建議於 26 日在木蘭臺菜餐館午餐，她也用心良苦地安排第二代參加午餐，讓彼此認識。她邀請我家二女兒糖

2016年12月26日，筆者一家和多位一、二代在美臺灣人攝於波士頓木蘭餐館。

亞一家，結果糖亞全家計畫於 12 月 18 日就到邁阿密渡聖誕節及新年，大女兒素亞一家則是因當天小孩有音樂會，均未克參加。

當我伊媚兒給小女兒佩翠霞，問她該日可否陪外子和我去吃飯，她在我的手機裡留言說當天她有空，但她若可以不去是最好，因我告訴她我需要她駕車，她就還是答應了。我們老一輩有 9 人（李清澤、林榮峰、吳永仁、洪蜜、林美年、劉淑玲、鄭明珠、外子及我），大家也都找他們的子女一同來聚餐，結果第二代們不是哈佛醫學院的醫生（Sam Lin 是整形外科醫生），就是胸腔內科（Mallory Hartfield）或自己開業的口腔外科醫生（James Wu），佩翠霞是牙醫，當天她有些寂寞，因為大家都

已婚，只有她是孤家寡人，後來大家都答應替她物色好男人，讓外子心頭的壓力減輕了一些。林榮峰姐妹推薦很多臺菜，如燻鴨是該餐館的名菜，還有進補湯、回鍋肉、蒸魚與炒米粉等多樣炒菜，有的我從來沒吃過。第二代那桌他們一邊吃、一邊談笑風生，聽她說沒有一點剩菜可打包，她覺得我們該努力讓年輕人常聚在一起。

同桌的劉淑玲姐聽到我的名字後，趕緊問我是否認識辜富美？當我在思考的時候，她馬上將人名更正為黃富美。我告訴淑玲姐，黃富美可算是我初中時最要好的朋友，當我從臺南女中分部（臺南一中、臺南二中與臺南女中曾在善化設聯合分部，後來分部獨立為善化高級中學）插班到臺南女中本部讀初二時，她自動跟隨著我，讓因舉目無親而茫然的我跟班上同學順利融合，使我在陌生的環境內仍能專心課業保持第一名的成績，後來保送高中，那段時間她對我的照顧，我終生難忘。我們失去聯絡時，我常想，若我回臺灣我要到臺南找她，雖然沒有把握能找到她。出乎我意料的是，有一天我接到她的電話，讓我欣喜若狂，知道她住在紐約市後，每次到紐約我就會去找她，她都很慷慨地請我吃清蒸大龍蝦與山珍海味，但差不多有 3 年時間我沒和她見面，也沒打電話給她，因為每次電話的開場白她總是說：「您打電話給我要做什麼？」我是好心問候她，她卻好像很不耐煩，所以她的電話號碼雖然還

在我手機內，我卻很少打了。到紐約時，外子常要我打電話給她，我一直猶豫不決。聽淑玲姐說，她2015年6月因破傷風侵入腦袋昏迷38日，清醒後恢復正常，只是走路不太方便，仍能駕車實在是奇蹟。

　　次日，林榮峰姐妹安排我們和東北區區理事許淑貞午餐及參觀她的畫室。因為佩翠霞不能當司機，我們本想坐地鐵，這時林榮峰姐妹的美國媳婦Britt主動說要當司機，車程上我們談及她如何認識我二女兒糖亞，原來她有很多朋友熱衷於芭蕾舞，偶爾會帶她參加募款晚會，而糖亞常當波士頓芭蕾舞團募款活動的主持人。我答應她要讓糖亞把她列入芭蕾舞團募款活動邀請的名單內，外子認為糖亞和Britt可於今年舉辦第二代臺灣人聚會，林榮峰姐妹給我的伊媚兒也說，讓臺灣人第二代齊聚一堂，對美國主流社會產生影響力是她的夢想，希望能成真。

　　我們上午11點到達淑貞的畫室，她已準備各色水果、日本蛋糕和餅乾招待我們，但我們都迫不及待地先參觀她的畫室，她的畫是油畫，很多畫是以各種花為題材，她解釋因為她喜歡種花，後來就畫起她家庭院的花朵，讓我很欽佩。我常想種花，現在的住處庭院也有2英畝空地，但到目前為止只有外子種了美洲胡桃樹，它的樹齡和奧利佛同齡，每當看到那些樹的高大聳立，就好像看到居住在紐約市的奧利佛。曾想搬到波士頓也將這些樹賣掉，但因捨不得，只好藉

2016年12月27日，左起林榮峰、許淑貞、筆者、鄭明珠與劉淑玲攝於某日本料理店。

口波士頓冬天太冷應回路易斯安那州而仍住在這裡。

　　我們一面吃水果一面談話時，淑貞說她剛從臺灣回來，在臺灣時她參加婦女會及賴和文教基金會主辦的 2016 年底文化之旅（12 月 6 日至 12 月 11 日），行程緊密，內容特別充實，有時吃完晚餐又去聽演講，實在很累，但獲得很多臺灣在地人生活的智識，那趟旅行很值得。一下子已是 12 點半，淑貞要帶我們去吃午餐的時候，兩位先生（林榮峰姐妹的先生李清澤與淑貞的先生林俊育）還有說不完的話，只好勸他們到餐廳再說。林榮峰姐妹認爲我們各付自己的餐錢就好，但淑貞堅持要請客，所以我又白吃一頓日本料理。那兩天受到林榮峰姐妹及淑貞親切的款待，若每天都能過著那樣神仙般樂融融的生活，該多好！

13 | 二月行

　　柯喬治是外子的英雄，1967 年外子和他在加州大學柏克萊分校見面時，他授權給外子翻譯漢文版的《被出賣的臺灣》，這本書在臺灣很暢銷，可惜外子將版權送給臺獨聯盟，後來臺獨聯盟將版權售給前衛出版社，否則我也可靠這本書的版稅渡過餘生。我常想設立非營利基金會，因為我經常將赤鐵礦石免費送給受腰痠背痛所苦的人，當我要請律師替我申請時，律師估價要花美金兩千元，無錢人的我只好自己摸索，詢問外子的意見後，他建議我用柯喬治的名義申請。我於 2015 年 1 月 19 日申請，2015 年 1 月 27 日就被批准，對我來說是天大的喜事。

　　2015 年 9 月外子決定回臺籌備慰問會，我也順道回臺參加 65 年度臺大經濟系辦的中南部臺灣旅遊。記得 9 月 21 日出席由周素慧班長當召集人、楊誠作東，在第一大飯店 2 樓壹品軒的臺大經濟系同窗會時，邱清泰就坐我旁邊，怎知 2016 年 8 月竟傳來他得肺癌的消息。2017 年 2 月我和外子再回臺，特別要副班長張義雄，替我號召昔日的經濟系同學在臺大校友會館蘇杭餐廳聚餐，大家都認為不該由我請客

而該由他們自己請客,我告訴大家,我計畫在我死去以前把錢花光,和朋友同樂樂是花錢的最佳手段,感謝邱清泰也前來聚餐,他以幾乎聽不到的音量對我說,若能多活一天就算多賺一天,我佩服他的人生觀,但看他日漸消瘦,心裡非常難過,只好安慰他,有人還比我們早死。4月12日收到賴進興伊媚兒,說邱清泰已於4月12日（星期三）臺灣時間清晨在家安睡中長眠,使我不禁痛哭流涕,願他在天之靈不再被疾病騷擾,冷靜過後我安靜地坐在電腦前,搜索他生前各色各樣的資料,讓我獲益匪淺,尤其是音樂欣賞方面。

2017年是228七十週年,「美國柯喬治紀念基金會」董事長陳榮良醫師建議應擴大舉行慰問會,在他的慷慨解囊和執行長林文欽、常務財政長吳滄洲及「五十年代白色恐怖案件平反促進會」總幹事張瑛珏的召集下,2月18日中午在臺北海霸王餐廳宴請228及白色恐怖受難者與家屬,席開25桌。這些受難者平時都躲在家裡,如今因出席慰問會遇到同病相憐的難友,一面享用豐盛的午餐,一面暢談,看他們因此得到暫時的快樂,覺得非常高興。那天也請到不少貴賓,呂秀蓮前副總統於百忙當中到場做專題演講,蔡英文總統也派民進黨副祕書長徐佳青前來致辭,並帶小禮物贈送給大家,為慰問會增添光彩。

2月20日參加外子熱愛的朴子國小第45屆畢業

生的同窗會，我們坐捷運南下參觀朴子國小，午餐後南遊，翌日參觀高雄海港，這算是我第一次遊高雄港，看來高雄港的前途遠大，各色各樣的建設，預計不久的將來它會成為世界級的遊樂場所。兩天的同窗同樂並沒有結束，每天在臺北都有朴仔腳的好友們請客，吃古早麵、吃牛肉麵、吃臺菜、吃日本料理，喝各樣的酒，還品嘗到臺灣一斤臺幣 5 萬元的冠軍茶，甚至在我們要回美的那一天，還跟朴仔腳的好友們到好記擔仔麵吃粉腸、臘腸及鮮湯肉臊擔仔麵，這款花天酒地的生活，我在美國無法享受到，使我樂不思蜀。有人問我，到底我喜歡住在美國或臺灣？我的答案是兩地都喜歡，因為和昔日好友相聚也是樂事。

2 月 27 日，呂秀蓮前副總統於大稻埕永樂廣場舉辦的「走出 228・共築臺灣夢」紀念晚會，邀請外子演講，剛好距他接受柯喬治授權翻譯《被出賣的臺灣》漢文版（1967 年）也是 50 週年，於是他捐贈 50 本《被出賣的臺灣》給呂秀蓮前副總統當場義賣，全被搶光，就連前衛出版社林文欽社長和外子站臺時展示用的那一本也捐贈，因為外子認為共產黨將所有前衛出版社的書籍列為禁書，甚至也不能至香港銷售，實在太惡質，他鼓勵臺下聽眾要支持前衛出版社這間臺灣人開的，也是唯一還以出版臺灣文學、歷史等臺灣相關研究書籍為主的出版社。

許麗玉於 3 月 1 日中午請客，和賴洋珠及呂一

美、張義雄再度相會，由於當天下午要會見李登輝前
總統，外子和我及吳滄洲只好於 12:45 分離開，我答
應下次將到松江路竹里館禪風茶趣請客。和外子準備
去拜訪李登輝前總統前，他覺得他和張燦鍙博士及許
龍俊醫師要和李登輝前總統談的是國家大事，對我來
說太深奧，若我隨行，我該坐在外面等他們，我百分
之百地同意，我想若我有機會能跟李登輝前總統握
手就心滿意足。我們於下午 3 點抵達李登輝前總統宅
邸，走進客廳，看到他由樓上慢慢地走下來，和他握
手的同時告訴他我是臺大經濟系的校友，我的朋友

2017年3月1日，左起許龍俊、張燦鍙、陳榮成、李登輝前總統、筆者與吳滄
洲，在李前總統宅邸合影。

選過他的課，當時李登輝前總統是臺大農經系的教授。李登輝前總統早就準備好一疊資料，開始向我們解說物聯網（IOT）與臺灣產業，因為他從物聯網看見臺灣的新希望，所以他醉心於研究物聯網的技術及應用，我認為他的眼光是非常先進的。

2017年3月1日，筆者教李登輝前總統按摩以排解疼痛。

談話中我看他一直在撥弄右手手指，懂得按摩的我就雞婆地拉著他的右手，教他如何按摩手指以及腳底的湧泉穴，他告訴我護士常來替他按摩。我立刻送他一本我的《Self-Help: Acu-Hematite Therapy》，也要他替我簽名，看他寫字有點困難，他說是 2016 年中風的後果。臨行時，我翻開《銅屋雜集》裡有他照片的第 44 頁給他看，他很開心地說：「遮的都是我（就是我）。」我趁機要他晚上睡覺前不妨讀讀裡面的〈突破難關〉。

3 月 3 日晚上離臺，本來呂秀蓮前副總統希望我們早上能到「臺灣和平中立大同盟」辦公室和她碰面，因為和朴仔腳好友們有約在先，只好等待下次。

14 | 歹命 e 女老師 [8]

為了阮厝很散鄉　　　　那知伊會無頭路
甘願放棄讀女中　　　　在厝顧二個囝仔
臺南師範真仁厚　　　　男性自尊受陷害
免費擱有鐵飯碗　　　　找朋友花天酒地
擔任小學 e 老師　　　　三更半暝醉茫茫
無閒教書管學生　　　　風流翁提出離婚
過了簡單 e 生活　　　　因為細姨有身孕

奈何撞著緣投桑　　　　行到冷靜運河旁
乎阮腳軟手嘛軟　　　　想彼時情話綿綿
約會歸日黏作伙　　　　親像駕鴦時相隨
跪地求婚就答應　　　　如今伊 ka 阮放捨
只憑感情來鬥陣　　　　方知伊喜新厭舊
咱生了一男一女　　　　不管阮一生死活
生活過即呢爾好　　　　愈想愈怨阮歹命

---

❽　這是真人真事改編的歌詞。

想跳河做枉死鬼
看著親人 e 形影
阮佮囝仔 e 笑聲
離婚風聲 kham 歹勢
無面教書辭頭路
避躔厝內心茫茫
大家對阮佅關心

朋友知阮錢用了
生活問題已經來
問一寡頭路賦阮
一點沒想到是啥
原來美軍俱樂部
叫我拋頭又露面
阮無嘴水做這行

爲著三頓潦下去
頭家嫌我無標緻
目睭開刀大大蕊
低胸露背勾美軍
人客叫阮茶花女
日時賣笑來趁錢
更深夜靜暗自悲

15 | 毋知你置佗位

返去古早 e 辦公室
舊同事趕緊向我講
有一暝你閣再找我
聽到我已經去美國
你嘸講什麼就離開

伊替你傷心眼眶紅
好奇問我是爲啥咪
把緣投的你去放 sak
嘆我流出眞誠目屎
伊 e 質問沒法辯解

明知你是情有所鍾
偏偏接受你 e 情意
看到你心臟噗噗跳
你我無緣如影隨形
傷心鼓勵你先出國

情書沒回 ho 你死心
經過我溫遼仔考慮
提出勇氣決心出國
沒想到你回國以後
對我 e 愛耿耿於懷

四十年前最後一次
聽到你 e 同事講起
因你拿到美國碩士
你是伊 e 頂頭上司
如今毋知你置佗位

16 | 〈望春風〉改版

〈第二春〉

夜深孤單毅米西 ❾，決定找老伴
六七十歲歐巴桑，看到五十歲
身軀勇健閣有錢，不知有某無
甲愛知影想辦法，找富美去問
眞正伊是無某猴，是否和伊交
富美講是趕緊代，阮是上蓋配
朋友親戚攏講好，都要去結婚
遮的美好第二春，叫阮笑咪咪

---

❾ 日語，意爲寂寞。

〈臺灣國歌〉

寶島臺灣 e 百姓，真愛遮 e 島

大家甘苦做代誌，爲著顧三頓

果然有厝有家庭，真正甲快樂

無想中國人來臺，占阮美麗島

一群臺灣少年人，無驚坐監獄

勇敢抗議國民黨，決心拚獨立

經過百姓大合作，閣再做總統

世世代代臺灣人，自由臺灣國

17 | 夫妻吵架的 心想對話術

　　很多婚姻專家認為，和自己的社會階級、家庭背景、教育程度相差不遠的人結婚，婚姻關係會比較好。按照此原則，來美留學的夫妻檔是旗鼓相當的好配偶，應該過著恩愛、快樂的家庭生活。你假如能遇到你最愛的也最愛你的人是三生有幸，要好好珍惜。

　　夫妻吵架是家常便飯，吵架一定事出有因，當一對男女在戀愛期間，只會看到對方的優點，甚至認為該優點可平衡自己的缺點，譬如一個神經質的女性看 Obsessional Man，會認為他很沉得住氣、強壯、有組織能力也很成功，而 Obsessional Man 則會視這個女性為可愛的、快樂的以及有幻想力的女孩子。兩人一旦結婚，他的強壯及教條式的生活對她是一種威脅，而她的愛找刺激及幻夢性格，他對此毫不在意，於是妻子開始吵著要丈夫給她更多的愛及親密，使丈夫更畏縮於自己的小天地裡。此時「會」吵架的妻子要讓丈夫知道自己的狀況與需要，不要在丈夫的憤怒下與他針鋒相對、冷嘲熱諷，而她要理解丈夫孤獨的一面，學會站在他的立場思考，同時學習自我控制，不要為雞毛蒜皮的事吵得天翻地覆。這種互相傾聽的

「鏡子反映（Imago Dialogue Technique）」，是用來訓練雙方表達自己的想法。

譬如：麗莎和史提芬是兩小無嫌猜的青梅竹馬，高中一畢業就結婚，麗莎生了兩個孩子後，想拿護士的學位，史提芬不贊成，認為麗莎應該是全職的妻子與母親，所以不支持麗莎求學，兩人的關係變得非常惡劣，不得不請教婚姻諮商。在婚姻諮商的導引下，史提芬說出他的心聲：「麗莎，我恐怕你完成學業後，我們就沒有相同的見識。」麗莎用很自然的音調反映（Mirror）：「所以你是擔心我完成學業後會將你拋棄。」用此方法，他們學會相互尊重、包容，彼此扶持，而非相互計較、埋怨。5 年後麗莎獲得了碩士學位在一間婦產科當護士，史提芬也對外稱，他和世上最優雅的女性結婚，真是三生有幸。數年後，由於不景氣，史提芬的電器修理工作受到影響，而麗莎的工作薪水穩定，討論後他們決定先由史提芬在家負責家事。

吵架的範圍相當廣大，諸如夫妻世界觀的差異、處理對方父母親的方式、對於金錢的吝嗇或慷慨、對於性生活及隱私（Privacy），甚至於小孩子的教育及婚嫁，都是吵架的好主題。有的夫妻會在吵架中成長，像林先生就發現他太太每個月總有情緒不穩定期，當她再發脾氣時，他就會用開玩笑的方式面對她的怒火，也很快地化解危機；有的夫妻會在吵架中分離，

就有丈夫一氣之下溜之大吉，往中國大陸一去不回，害得太太變成「活寡婦」。

通常夫妻吵架時都會埋怨選錯對象，其實有些當初能夠滿足太太所有需要的完美丈夫，結婚後 50 年內，不但無法達到太太的期望（希望他有錢有勢），反而大大走下坡。像可憐的吳老先生被逐出家門，但仍不清楚太太吵著要離婚的原因，只認為太太怎麼忽然間看他不順眼。旁觀者清，考其原因，該歸咎於吳家夫妻之間，對於結婚後想要獲得什麼，比他們是怎樣的人還重視。吳太太雖面貌不驚人，但學業算是佼佼者，在臺灣，好心的媒人婆介紹英俊瀟灑、品學兼優的吳先生給她，當時嫁給吳先生，她覺得自己有點高攀，除了喜出望外，也以嫁他為榮。吳太太的家經營禮品店，所以從生意的立場，這門婚事吳太太得利。來美後，夫妻皆獲高薪職，先後生了二女二男，孩子們都很爭氣，全部就讀名校。吳太太的自大狂妄，使她認為她在各方面都比別人強，除了非常稱心快意外，也瞧不起她周遭的貧窮親戚、朋友們。可惜好景不常，木訥寡言的吳先生無法晉升到「主管」階級，當公司裁員時，吳先生也被解僱。

吳先生盡其所能，嘗試各行業，但始終無法賺大錢，只能靠精明強幹的吳太太辭職從商、維持家庭門面。在職場上不如意的吳先生逐漸變成消極、不修邊幅的人，這下子激怒吳太太，她常常在孩子面前對吳

先生發牢騷。自尊心很強的吳先生希望掌控局面，往往顧不得語調和情緒，就大聲和吳太太吵起來，孩子們在旁耳濡目染。首先吳家夫妻認為這是微不足道的小事，等孩子們到了婚嫁之齡，才知道已對孩子們的性格及品行產生巨大影響，首先大女兒選的是個令他們生氣的丈夫，次女及兒子們患上溝通恐懼症，根本沒興趣找對象，對於結婚敬而遠之。再加上經濟不景氣，吳太太的商店被迫關門大吉，愛面子又很逞強的她，一直認為她沒錯，對於淪入自己瞧不起的族群也想不通，於是將所有的不幸都歸罪於吳先生，看到他就生氣，最後忍受不了，要他離家愈遠愈好，是謂「不看，六根清淨也」。

夫妻吵架要有技術，吵架時，絕對不要將祖宗三代全搬出來，也不可牽扯到一大堆陳年舊事，應就事論事，更不應當著父母、親戚、鄰居的面吵架，在公共場合，尤其是丈夫的朋友在場時更不可以，因為這樣很傷丈夫的自尊心。另外，就算忍無可忍也不要在孩子面前爭吵，會影響孩子的心理健康。

當你看對方不順眼時，是大吵一架或是用無言的沉默抗議？美國有研究調查發現，夫妻吵架時保持沉默者，除了會患上各種疾病，死亡率也較高。所以賢妻良母型保有「沉默是金」美德的太太，忍氣吞聲會對她們的健康造成嚴重的傷害，可能引發抑鬱症、心臟疾病、厭食症等。因此，為了妻子的健康著想，夫

妻爭吵時應避免過激，不要讓妻子的情緒與反彈過大。有位單身女友向我提到，太太若比先生早逝，可能先生是位極端自私自利、花心好色、吝嗇小氣、有戀母情結及鬆散懶惰的大男人，我無法評論。

　　最近銀髮族的離婚率是九〇年代的兩倍，他們的親戚朋友，對他們的離婚感到驚訝、青天霹靂，但離婚就像你認為不會破的盤子，你常常摔它，有一天也會破損。尤其有些夫妻對工作、事業比對另一半還關心，久而久之，彼此之間的距離愈來愈遠，甚至在同個屋簷下也沒話可說，太太對苛薄、挑剔、喜歡罵人的丈夫，會感到所有的付出最後是一場空，只換來自己的健康、平靜與快樂的遠離，還不如單身要來得自由自在。

　　朋友送來的伊媚兒談到恩愛夫妻「八互原則」：互敬、互愛、互信、互幫、互慰、互勉、互讓、互諒，可算知易行難的原則。尤其婚後，夫妻不再相互欣賞，有的更相互競爭，結果在挖苦和諷刺中情愛淡化、性愛冷場，加上來自家庭生活、工作的壓力，易造成婚外情。這是件很棘手的問題，因為和年輕女性在一起，有些男人會認為自己變得更年輕，面對此危機，要冷靜思考，不能意氣用事，在放棄婚姻前，針對惡劣的環境，更需認知當年做夫妻的目標是互相保護、互相成為對方的專家、互相了解到對方只講半句，自己就知道下半句。

　　對著鏡子看看自己，若發現自己有問題，讓丈夫投入他人懷裡，要注意自己的體態、改變穿著，不要變成黃臉婆，更要積極地調整生活方式、培養夫妻情感，恢復彼此無所不談的舊情，婚姻裡沒有誰對不起誰，都是為了一個幸福快樂的家而彼此包容。培養出友情，讓夫妻彼此像最好的朋友，是婚姻快樂的重要因素，對於互相建立起來的家庭要有責任感，至少要有 7 分責任和 3 分愛心。最近有些老瘋癲的丈夫說離就離，此時做妻子的應該指出他們是哪點不對，並伺機好好地讚賞、勸慰他們，學習對擁有的一切懷有感恩之心，讓您們的日子好過一些。

　　有一對丈夫 64 歲，太太 67 歲的好萊塢明星結婚近 40 年，記者詢問他們的婚姻怎麼能維持那麼長久？太太笑著說，結婚初期常常大吵特吵，但隨著年齡的增加，變得比較成熟。學會談話、試圖了解對方，對待對方以關懷、仁慈、禮貌及慷慨，我也正在學習！有些太太們會對我埋怨她們的先生吹毛求疵，有一天我真的請一對夫婦坐在沙發上，我對太太的建議是要有秀才遇到兵、三年講不清的認知，對先生的話語一耳進、一耳出，不要跟他計較。那位先生聽了竟然很贊成，認為如此才能使家庭和順。因為太太是吃虧的一方，我的建言她一點反應也沒有。

18 | 因果關係

　　2016 年 8 月 6 日參加路州婦女會分會聚餐後，會長陳翠玉要我下次演講，我想到有一天和已故鄭樹榮的太太 Amy 吃中飯，Amy 說陳太太您很會教子，我告訴她，不僅我的大嫂說我不會教子，甚至我的丈夫也這麼想，因爲我的小孩子和我一樣是屬於好玩型，沒有一個上有名的大學。不過我的紫微斗數（人出生時的星相決定人的一生，即人的命運）中的子女宮是一個圓圈，Amy 問我是什麼意思，我說這相當於甲等，Amy 好像發現新大陸，向我喊道：「那麼你的小孩們是託你的福。」我覺得這解釋很有道理，也讓我自我感覺良好，回家趕快向外子報告，當然外子不信這套。Amy 又向我說明，子女是債，若生到壞孩子是來討債，生到好孩子是來還債，無債不來，有債方來。Amy 是基督教徒，她的說法我半信半疑，我只知道也很高興我育有 4 個很愛我們的孩子，就不管三七二十一。

　　我一向相信因果關係，每一件事情的發生都有它的原因，然後產生好或壞的結果，古人說：「種瓜得瓜，種豆得豆。」養育孩子也是一樣，要到他們成人

你才知道給了他們什麼樣的教養。像我寫了一本《銅屋雜集》，也是因為從小學到高中作文常入選，雖然大學遊山玩水，不曾提筆，到美國來也沒想過要寫作。2003 年，只因為婦女會的「點心擔」專欄要每分區提供文章，陳香梅認為我剛做祖母，該寫寫我的心得，這個因緣產生了我的拙作。還有我的關節炎很嚴重，2003 年當我 60 歲求醫時，被醫生認為是老年人的毛病而被掃地出門，我只好自救，發誓若能找到方法，一定和我的同病相憐者分享，後來我的《Self-Help: Acu-Hematite Therapy》於 2014 年 12 月問世，在 goodreads.com 分享書介至今，已有超過一百萬次的點閱率！還有外子是被《被出賣的臺灣》作者柯喬治，唯一授權翻譯漢文版的人，他一直想為柯喬治做點事，終於在 2015 年 1 月申請到免稅的柯喬治紀念基金會，並於 2016 年 1 月 9 日在臺北舉行「戒嚴時期政治受難者慰問會」，因反應熱烈，遂決定於 2017 年 2 月 18 日的 228 七十週年，在海霸王餐廳再次舉行慰問會，席開 25 桌，讓受難者及其家屬能一齊暢談，這些都是我經驗見證的因果關係。

我根本沒想到因果關係牽涉到前世今生那麼深遠，只偶爾聽到外子提到他的阿姨常說翁仔某是相欠債，我結婚 13 年時曾想過既然債務已還清，該是離婚的時候。在一個偶然的機會，傾聽施寄青（1947.1.3-2015.1.13，享年 68 歲）在電視臺的言論，她的耀眼頭銜

很多，是著名作家、麻辣老師，1996 年參選中華民國總統，被稱為「通靈終結者」（幫人看前世今生），她的能力沒有紫靈強，但紫靈雖看得到前生的事情卻無法很詳細說明，後來施寄青和紫靈合作，寫了一本《當頭棒喝：施寄青與紫靈破解現代奇案》。施寄青也自封「離婚教主」，因她的先生外遇迫使她離婚，讓她變成女權運動人士，她了解很多女人在遭遇困難或內心有所渴求時，不是求神問卜便是到處算命，所以她學過所有算命術，希望能幫助女人。她認為算命幾乎就像迷魂術，她罵男人也罵女人，認為女人無法經濟獨立、情感獨立、意識形態獨立，那就什麼也甭談。2003 年 2 月，有一晚她的繼父打電話給她，要她趕快去看他，因為他看到三個鬼。施寄青只好請法師去驅鬼，結果有 2 位走了，一位女鬼卻死纏不離，後來她的繼父告訴她，那女鬼是他的舊情人，她開始承認確實有另一個世界與靈異的存在。

　　她看過自己前世今生的結果後得知，人會相遇絕對有原因，世上沒有一件事是偶然，圍繞在我們身邊的許多人，幾乎都和我們有著深厚的因緣，我們都有感情的債，她認為人與人是久別相逢，夫妻是前緣，有善緣、有惡緣，無緣不合，若夫妻和諧是善緣，夫妻不和是惡緣，離婚是了緣，她以前認為她的前夫是家庭的破壞者，在了解因果關係後比較心平氣和，她更認為討債不要討太凶、討過頭，丈夫有外遇是因為

這一世他是來對你報恩，他覺得他的恩報已報完，你就該讓他走，這種解釋可以開解很多因丈夫外遇或突然出走而離婚的女人。

談到兒女的關係，施寄青的見解和 Amy 相同，其中最妙的故事是有位母親，從懷孕時就不喜歡腹中胎兒，後來生了一個女兒，這位母親還是不喜歡女兒，直到女兒 23 歲了。他們夫婦找施寄青求教，施寄青告訴他們，他們的女兒前世和媽媽是姐妹，同時愛上一個男人，也就是現在的爸爸，所以姐妹關係很不好。做妹妹的選擇今生當他們的女兒是要來化解怨恨，施寄青問爸爸，若他的女兒是別人的女兒來向他求職，他會不會喜歡她？爸爸說會，施寄青再向媽媽說要善待女兒，女兒今生是來了緣，否則投胎成別人的女兒後可能當你丈夫的小三。說到小三，臺灣民間的風俗是舊曆 7 月 1 日到 30 日都會有普渡，7 月 1 日鬼門開，拜門口，7 月 15 日是中元節，這也是拜月老求姻緣的時節，臺南月老信仰近 200 年，各宮廟月老各司其職，想拜月老的人，可不要拜錯了。

如臺南中西區祀典武廟月老手持的拐杖又長又粗大，且奉祀在武廟，若是碰到不夠專情的人，來拜武廟的月老，請月老杖打小三或小王，斬小三、求復合必成。關老爺代表正氣，可求運勢順遂。若是過了適婚年齡無法求得姻緣，就要找臺南安南區鹿耳門天后宮的月老，請月老在姻緣簿上註記，否則命中無姻

緣，也很難找到伴侶。臺南北門區南鯤鯓代天府的月老，左手拿姻緣簿，右手拿拐杖，不只能痛打小三、小王，還可以保佑全家順遂，算是多功能性的月老。對於這些感情的債，施寄青認為自由意識，不要因丈夫外遇，自己無法自律，而搞得亂七八糟。有人常認為自己沒做什麼壞事，怎麼命運那麼壞？施寄青笑著說，可能是前世做很多壞事，今世要來還。她建議今生做好事，就不會再轉世。

生活是自己過出來的。人的性格不同、教育程度不同、選擇不同，命運就跟著不同。原來一切都是我們自己的選擇呀！如吳灃培就認為他的一生是無數的巧合，這是他命裡註定他終須有，其實命裡無時莫強求，不要羨慕他人，幾乎家家有本難念的經。清靜無為、心平氣和，要把握當下，做自己喜歡做的事情，快快樂樂地過日子才是正事！平時追求名利、賺錢、大房屋、一切要用名牌貨，當您走到生命的盡頭，方頓悟有生命、有健康才是一切，尤其健康是用盡全世界的財富也不能買到的。

19 | 死後——懷念邱清泰

　　看到很多朋友仙逝或英年早逝，使我對於死後到底往哪裡去發生疑問。在公路上常見廣告牌：「After you die, you will meet God.」但我不是虔誠的基督教徒，名單上一定沒有我的名字。我又不拜佛，所以到西方極樂也沒有我的分。有宗教信仰的人深信人死後會去他們的天堂，有位太太老實地告訴我，她每星期日去教會的目的是要拿甲等的成績單以便順利上天堂。有位太太鼓勵她的丈夫上教堂，是擔心他若不信主，將來會被打入地獄受刑罰。

　　當然每個宗教的教義不同，譬如印度教就沒有天堂的概念，他們深信人死後會輪迴轉世。猶太教徒相信人死後靈魂會回到上帝身邊，而肉體則歸回大地。摩門教的教徒相信有低級、中級、高級國度的 3 個天堂。基督教徒相信人死後靈魂會經過 12 道大門而上天堂，生前所有痛苦、眼淚統統會消失。對我來說，我總覺得在人生中有一隻看不見的手，常常在扭轉我們的命運，而這隻看不見的手有人稱它上帝、有人稱它釋迦牟尼也有人稱它穆罕默德，幾乎所有宗教都宣揚信徒可以靠它、依賴它而得救，因為人們常遭遇困

難，也有很多無法解決的問題，在走投無路時會求救於天，是常事也。

2015 年 9 月外子決定回臺籌備慰問會，我也順道回臺參加 65 年度臺大經濟系辦的中南部臺灣旅遊。記得 9 月 21 日出席由周素慧班長當召集人、楊誠作東，在第一大飯店 2 樓壹品軒的臺大經濟系同窗會時，邱清泰就坐我旁邊，怎知 2016 年 8 月竟傳來他得肺癌的消息。2017 年 2 月我和外子再回臺，特別要副班長張義雄替我號召昔日的經濟系同學在臺大校友會館蘇杭餐廳聚餐，大家都認為不該由我請客而

2017年2月15日攝於臺大校友會館蘇杭餐廳，坐者左一：邱清泰，立者左五：筆者。

該由他們自己請客，我告訴大家，我計畫在我死去以前把錢花光，和朋友同樂樂是花錢的最佳手段，感謝邱清泰也前來聚餐，他以幾乎聽不到的音量對我說，若能多活一天就算多賺一天，我佩服他的人生觀，但看他日漸消瘦，心裡非常難過，只好安慰他，有人還比我們早死。4 月 12 日收到賴進興伊媚兒說邱清泰已於 4 月 12 日（星期三）臺灣時間清晨在家安睡中長眠，使我不禁痛哭流涕，對於邱清泰的與世長辭，我感慨萬千，外子只好安慰我：「勇敢地接受你不能改變的事實。（Courage to accept what you can not change.）」冷靜過後我安靜地坐在電腦前，搜索他生前各色各樣的資料，讓我獲益匪淺，尤其是音樂欣賞方面。同時我也在心中說：邱清泰，願你在天之靈不再被疾病騷擾，一路好走！

20 | 十大保證絕招，讓你看起來更聰明

　　每個人都希望在旁人的眼裡自己看起來更聰明一些，使事業有成、財庫大開、順利發財致富，達到家財萬貫、福氣延年的境界。對年過七旬的我來說，我一向不注意別人對我的看法，曾經被指點，我是不會教養孩子的媽媽。當我於 2009 年 9 月 8 日，參加在波士頓電視節目由二女兒糖亞當主持人的開幕晚會時，有人還問我：「恁有歹看相，唔驚卸（丟）恁查某囝的面子嗎？」因為我只是住在路易斯安那州的草地人，我也只好認了！

筆者（右一）與糖亞，2009年9月8日攝於波士頓。

　　2017 年 5 月 18 日，我在臉書看到《富比士（Forbes）》雜誌刊登的一篇〈十大保證讓你看起來更聰明（"Ten Guaranteed Ways to Appear Smarter Than You

Are"）〉，覺得非常有趣又切實，以下簡譯一番再加上自己小小的觀點。

這是 Dr. Travis Bradberry 於 2016 年 8 月 1 日發表的文章，文章開頭說：「It's great to be smart, but intelligence is a hard thing to pin down.」我將它翻成「聰明是頂好的事，但智商（intelligence）是難解的。」通常人的一生如何，只有二成是看智商，其餘八成是看情緒智商（EQ），EQ 是很重要的技術，九成最佳演員的 EQ 都很高。EQ 高的人比 EQ 低的人，平均每年多賺年薪 $28,000。

EQ 的特別之處是自我認識，它不僅了解你自己也明白別人對你的看法。EQ 高的人懂得情緒管理，他們是影響別人的能手。人沒辦法改變自己的遺傳基因，但有些已被證明有效的戰略，能幫助你讓你看起來更聰明。有些戰略是主觀的，但研究證明它們有重大的影響力，尤其當你想支配某人對你的看法時。

（1）避免喝酒（Skip that drink）

這不僅是因為人們喝酒後常會做出失去理智的事。據賓夕法尼亞大學（the University of Pennsylvania）和密歇根大學（the University of Michigan）的共同研究，發現僅僅看一個人握酒杯，那個人就會被認為不太聰明。而一般求職者以為到餐館面試時叫一杯酒，會讓他們顯得聰明，其實不然，甚至會被認為不太聰明

而不被僱用。這就是所謂的「飲酒蠢人偏見（imbibing idiot bias）」。

（2）使用中間的縮寫名（Use a middle initial）

像 John F. Kennedy（約翰·甘迺迪，美國第 35 任總統）、Franklin D. Roosevelt（富蘭克林·德拉諾·羅斯福，美國第 32 任總統）這些名人都有中間的縮寫名。使用中間的縮寫名，不僅讓人認為你有社會地位，而且增進別人對你的智商和成就的期望。在臺灣，姓名很重要，有人會找命理師算命後再為孩子取名。按照命理師的解釋，有人命運自然如錦繡，如生於馬年、羊年和猴年的人，命主富貴、天資聰穎。八字是人的命，無法改，而名字是運，運不能改，但可以轉，有的名字和個人的八字不合，改了名字不保證一定大富大貴、一輩子平順，因為有很多傷是八字裡的傷，一輩子一定要碰到的，但我們知道後可去避免或是用方法讓傷害降到最低。

（3）建構圖表（Make graphs）

康奈爾大學（Cornell University）研究調查認為，人們較信任附加圖表的來源。在康奈爾研究的一個檔案內，參與者讀一則新感冒藥效率的文件，相同的文件，一個有圖表，一個沒有圖表。有 96% 的參與者信賴有圖表的文件，沒有圖表的文件只有 67% 的參

與者信賴。所以下一次做文件時一定要夾入圖表，不一定要複雜，但要正確。我家唯一的兒子奧利佛是製圖表的專家，我常對外子說，奧利佛的圖表非常唬人，很多大公司都是他的客戶，如 Tiffany、Macy、Harry Winston、Walmart、Costco、Target、Sotheby、Michael Kors、GAPS、J. C. Penny 等 35 個客戶，他於 2014 年 10 月 27 日被與華爾街有關的 Cowen Group, Inc. 僱用，頭銜是董事總經理（Managing Director, MD），當起零售商、奢侈品商店以及百貨公司的股票分析家，現在他常常在 CNBC、Fox、Bloomberg 電視臺進進出出，非常吃得開。

（4）相信你自己（Believe in yourself）

　　自信最能表現聰明。當你相信你自己，它會明顯地表現出來，研究指出對自己有自信能增進你解決問題或做決策的成果。換言之，自我懷疑論者，有損害他們的表現。最壞的是，人們能察覺你的懷疑，使他們認為你較不聰明。假如你要別人相信你，你必須相信你自己。

（5）寫得簡單（Write simple）

　　若你真正聰明，你不應該誇張渲染。真正的聰明不言而喻，不必用動聽的字眼。還有你有時用辭不當，會讓你看起來不是那麼聰明。因此，你希望顯得聰明

些，停止研讀字典的詞彙，僅僅專心於有效的溝通。

（6）有表達力的演講（Speak expressively）

溝通專家（communication expert）列納德‧蒙洛迪諾（Leonard Mlodinow）有充分的理由說明，兩個人講同樣的事情，有表達能力者會被認為比較聰明。蒙洛迪諾說：「兩位演講者說同樣的一句話，較快和大聲而不常停頓，且聲音大小常變化的演講者被判定為較有活力、博學與聰明。」如果你想讓人覺得更聰明，你演講時要操控你的音調、音量、速度及活潑度。

（7）直接的眼光接觸（Look'em in the eye）

我們都知道這是該做的事。這是好的禮貌，對嗎？洛約拉大學（Loyola University）研究發現，有意讓他們的眼光接觸對方的參與調查者，他們得到「看起來聰明」的分數較高。

（8）戴書呆子的眼鏡（Wear nerd glasses）

你的母親曾經告訴你，要對書呆子好些，因為有一天你可能要替他工作嗎？通常母親是對的。研究可看出人們戴眼鏡——尤其是厚重、全鏡框那一類——被人認為較聰明。因此，你希望看起來更聰明（可能你要上臺做研究報告或產品銷售報告時），請把隱形眼鏡放在家裡，戴上你的眼鏡。

（9）與眾人齊步（Keep pace with the crowd）

我強調看似愚蠢的這一點，是因為波士頓大學（Boston University）研究調查顯示這是事實。它被稱為「時間次序的偏見（timescale bias）」，它參照我們用心理因素如意識、察覺和傾向為基礎，歸因於和每個人同樣速度前行的人較聰明。假如你想看起來較聰明，停止慢吞吞，同時也要停止像搖晃的機器人那樣匆忙、混亂。

（10）成功式打扮（Dress for success）

這並不驚奇，大量的研究顯示你穿得如何影響人們如何看你。高尚的穿著讓人察覺你較聰明；展露皮膚的穿著，好像要吸引別人注意你的身體而不是你的腦袋，顯得較不聰明。你知道你的穿著也影響你的表現嗎？西北大學（Northwestern University）最近研究發現，讓人穿試驗室的衣服能增進那些從事用腦及集中精神的人對工作的表現。

願所有讀此文章者能讓自己看起來一天比一天聰明，達到聰明絕頂、頂天立地的境界。加油！

已出版的2本eBooks:

Your Successful Keys for Searching Mr. Right
B074H9HMMH for amazon.com/kindle store

Life is Impermanent
Let True Nature Take its Course

人生無常 順其自然

靜心 Calm one's Mind
避禍 Avoid Distress
求福 Pursue the Good Luck
希望 Hope for the Best

Life is Impermanent Let True Nature Take its Course
B074N1YNP7 for amazon.com/kindle store

即將出版的eBook:

Managing our own Health toward Longevity

關懷雜集

編　　者　府城石春臼人
責任編輯　陳淑燕
美術編輯　Nico
出 版 者　前衛出版社
　　　　　10468臺北市中山區農安街153號4樓之3
　　　　　Tel：02-2586-5708　Fax：02-2586-3758
　　　　　郵撥帳號：05625551
　　　　　e-mail：a4791@ms15.hinet.net
　　　　　http://www.avanguard.com.tw
出版總監　林文欽
法律顧問　南國春秋法律事務所
出版日期　2017年10月初版第一刷

總 經 銷　紅螞蟻圖書有限公司
　　　　　臺北市內湖區舊宗路二段121巷19號
　　　　　Tel：02-2795-3656　Fax：02-2795-4100
定　　價　新臺幣300元
©Avanguard Publishing House 2017
Printed in Taiwan　ISBN 978-957-801-828-0

國家圖書館出版品預行編目資料

關懷雜集／府城石春臼人編 -- 初版--
臺北市：前衛，2017.10
208面；15×21公分
ISBN 978-957-801-828-0（平裝）

855　　　　　　　106015212

前衛出版
AVANGUARD
臺灣思想的駁岸
本土堅心的存在